suhrkamp taschenbuch 3598

Wir dachten ja plötzlich, wir machen jetzt alles zusammen. Auch das Schreiben.

Feiern, trinken, reden sowieso. In Montreux, in Tokio, in New York und San Francisco, Parties, Reisen, Interviews, all over the world. So war das Gefühl, rock'n'roll-style-mäßig, zu Beginn der Mitte der 90er Jahre. Als man nicht mehr daran dachte, war das Jahrzehnt auf einmal da und ereignete sich. Der Ort dieser Zeit war die Nacht. Und der Augenblick, als uns bewußt wurde, was wir da dauernd erleben, war auch der Einfall der Krise, der Beginn der Arbeit am Text.

Differenzen wurden führend. Die Auflösung, die wir gemeinsam erlebt hatten, ließ sich nicht fassen. Trotzdem versuchte ich, meine Position polemisch zu formulieren, im Loveparade-Artikel fürs Zeit-Magazin. Die Frauen von Texte zur Kunst nahmen die Anregung zum Streit auf: theoretische oder praktische Politik.

Ich schrieb an der Nachtleben-Erzählung Rave und an dem Kunst-Theaterstück Jeff Koons. Jede Ablenkung war mir willkommen. Immer auf der Suche nach Formen des Schreibens, näher dran am Leben, als die Schrift von sich aus, freiwillig, automatisch sein möchte. Auch auf der Suche nach einem Buch, das man eigentlich nicht mehr lesen muß. Das einfach so rum liegt, in dem man bißchen blättert, das einen angenehm anweht, fertig.

So entstand dieser Band: die Bilder, die Texte, auch eine Feier der Nacht, dieser Jahre.

Rainald Goetz, geboren 1954, Autor der Bücher Irre, Krieg, Kontrolliert, Festung, Heute Morgen: Rave, Jeff Koons, Celebration, Abfall für alle, Dekonspiratione. Zuletzt erschien Jahrzehnt der schönen Frauen.

# Heute morgen, um 4 Uhr 11, als ich von den Wiesen zurückkam, wo ich den Tau aufgelesen habe

## Buch 5

# Heute Morgen
## 5.4

1. Irre, Roman, 1983
2.1 Krieg. Stücke, 1986
2.2 Hirn. Schriftzugabe, 1986
3. Kontrolliert. Geschichte, 1988
4.1 Festung. Stücke, 1993
4.2 1989. Material, 1993
4.3 Kronos. Berichte, 1993

5. Heute Morgen

5.1 Rave. Erzählung, 1998
5.2 Jeff Koons. Stück, 1998
5.3 Dekonspiratione. Erzählung, 2000
5.4 Celebration. Texte und Bilder zur Nacht, 1999
5.5 Abfall für alle. Roman eines Jahres, 1999

# Rainald Goetz
# Celebration

Suhrkamp

Layout mit Oliver Vorbach

suhrkamp taschenbuch 3598
Erste Auflage 2004

Druck: Nomos Verlagsgesellschaft Baden-Baden
Umschlag nach Entwürfen von
Willy Fleckhaus und Rolf Staudt
Printed in Germany
ISBN 3-518-45598-2

1 2 3 4 5 6 – 09 08 07 06 05 04

# Celebration

90s
Nacht
Pop

FÜR SEX, SCHLECHT FÜR DIE NIEREN
KLARHEIT ÜB
ECSTAS
SOLL MAN VON DEN BUNTEN PILLEN
STUNDEN MIT BART SCHARPING
507 BUCHSTABEN ZUR TECHNO-KULTUR
POPSTARS, DICHTER ETC. SCHREIBEN ÜBER DEUTSCHLAND
Y JOHNSON
TOMMY LEE JONES
DIE GOLDENEN ZITRONEN
SCHOERN

Sven Väth

# MANIAC LOVE

## The Tokio Tapes

*»Let it rock.«*

### I

Es war Ende Juli, und Sven Väth sollte in Tokio spielen. An einem heißen Mittwochnachmittag machte er sich in Frankfurt auf die Reise.

Mit einem elfstündigen Satz, der Sonne entgegen, übersprang er die alte Erde Europas und Asiens wie im Flug, an Bord eines dieser märchenhaft riesigen Jumbos, in den weiten Sesseln des Oberdecks, von einer als Stewardess verkleideten Raverin aus München umsorgt, halb hellmunter, halb im Schlaf.

*

Ihm war, als hieße er ›The Harlequin, the Robot, and the Ballet Dancer‹.

Er sah sich auf Mission; von sehr weit hergekommen, aus den Tiefen ferner Märchen, Mythen und Geschichten; im Dienst der jeweils kommenden, neuesten Nacht.

Sein Auftrag hieß: Musik und Tanz, Ekstase, Abfahrt, Rausch. Er kannte Dämonen und beherrschte sein Handwerk. Er führte den Schatz eines ihm selbst fast verschlossenen Wissens mit sich; doch wußte er sich sicher beseelt von gewaltigen Kräften. Er war im Bund mit Feen, Faunen und Teufeln.

Und in glücklichen Momenten wollte jede nur erdenkliche Göttin der Glückseligkeit an seiner Seite stehen, um durch ihn durch sich lächelnd zu verschenken.

*

Als Sven auf dem kleinen Narita Flughafen 60 Kilometer vor Tokio landete, war es gerade kurz vor halb zwölf. Er war unterwegs mit Alexander Azary, cooler slacker, master of style, fashion and taste, Mitbesitzer des Frankfurter Clubs ›XS‹. Gegen alle Warnungen, wie hart die japanischen Zollkontrollen sein würden, passierten die beiden unhelligt die Ausgangssperren.

Tobi wartete in der Halle. Er hatte Sven für das ›Yellow‹ hier gebucht, war selbst DJ und seit Jahren auf Reisen zu den Partys dieser Welt, immer seine Videokamera dabei. Außerdem standen da noch die Münchner, die diesmal für Foto und Dokumentation zuständig waren. Als Sven und Tobi sich sahen, rannten sie aufeinander zu und umarmten sich. Sie hatten sich zuletzt vor knapp vier Wochen auf der Love Parade in Berlin gesehen.

Das war ganz am Ende, vor dem ›Elektro‹: überdreht, erschöpft, und milde Simmung; eine Heiterkeit, die in platonischen Dialogen den schönsten Gedanken zugeordnet ist; und in Verbindung mit dem heurigen Jahrhundertsommer auf einer heißen Wiese hoch über Montreux das sogenannte ›Alzheim Duo‹ zu seinem Sommerhit ›Druff durch den Sommer‹ inspiriert hat:

»Druff
durch den Sommääär
Auf der rosaroten Wolke schweben

MIT DIR
ah-ha-haaaaaaa
so dru-huff
DRUFF durch den SOMMER«

Hier in Tokio war es heute genauso heiß, wie in Deutschland; das heißt natürlich, noch viel heißer, tropisch heiß, brutal feucht-heiß: obergeil. Und am Himmel standen hellweiß und kompakt die sprichwörtlichen little fluffy clouds.

*

Tobi hatte für die Woche, die Sven hier sein würde, einen achtsitzigen Mitsubishi Cruiser gemietet.

Am Fußgängerübergang zu den Parkplätzen stand ein grell bunt gekleideter Polizist, der mit einem gelben Leuchtstab ernst die dicke Luft durchpflügte, um einen eigentlich ziemlich unvorhandenen Verkehr zu regeln. Nicht weit von ihm lauerte, genauso bunt glänzend, tief gekauert, eine bullige Motorradmaschine. »Da sind sie ja schon, die kleinen Biester«, meinte Sven.

Tokio zauberte ein bißchen, von Anfang an, um Sven zu gefallen. Und er war ja auch nicht der wählerische, skeptisch gelangweilte Typ, der sich was bieten lassen wollte; er war ein Mensch der offenen Augen, einer geradezu programmatisch naiven Naivität, voll Vertrauen, daß die jeweils nächste Situation, zumindest ihm, selbstverständlich vor allem das Beste bringen würde.

Und das nächste beste, mittags um 12, bei über 40 Grad, wäre das nicht vielleicht ein eisig kaltes Bier?

»Alle da? Ein Bier! ABFAHRT!«

*

An der Raststätte gab es aber kein Bier; nur eine menüartige Fotoschautafel, die ein üppiges Angebot von superkrassen Autounfällen zeigte.

Sven deutete auf einen zertrümmerten Laster: »Ich hätte gern den da, mit Pommes!« Dazu riß er alle Arme und Beine gleichzeitig hoch in die Luft und lachte sein wildes, kehliges Lachen; irgendwas zwischen Selbstverarschung, Spott und grausam frecher Kinder-Heiterkeit.

Fast schon als Text hatte dieses Lachen seinen Weg auf das neue Album gemacht; ins Intro, an exponierter Stelle: wo die Betrachtung der ganzen Erde, gesehen aus den Fernen des Weltalls, zu der mit eben diesem Lachen bekräftigten Entscheidung führt, daß es doch viel schöner wäre, mittendrin zu sein.

Dann senkt sich heulend irgendetwas, pfeift durch die Atmosphärenluft daher, nähert sich einem fröhlich zwitschernden Wald und landet, platsch, im Wasser eines Weihers oder Flusses. Da bin ich, Leute! Und schon beginnt das Summen einer Stimme, wird ein Lied, mit einer zweiten Stimme, Akkorde kommen, Rhythmen, richtige Musik.

Die Musik, die Sven in sich hörte, kam vielleicht aus dem All; sie war jedoch zugleich dreckig, erdig, menschennah; mitgenommen, abgelebt und superkomisch; von der Stimmung der Stimme seines Lachens gestimmt: toll.

*

Die Autobahn war verstopft. Im Stau ging es ruckend dahin. Oberbayrische Hügel zogen vorbei. Lasterfahrer winkten mit weißen Handschuhen aus ihren Fahrerkabinen: vorne hochgesext und aufgetranst in irrem Chrom; und hinten alten Müll geladen, Bauschutt, Abfall, Jauche, danke.

Tokio Disneyland, das gab es auch. ›Cinderella, Barbarella, Nutella‹. Stracciatella: Sven wollte einen Rave in Neuschwanstein mal machen, und ließ sich Storys erzählen vom kranken bayrischen Kultkönig Ludwig II.

»Der war ja einer von uns?!«

»Die Leute haben ihn jedenfalls geliebt.«

Tobi erzählte, daß das ›Yellow‹ schon ausverkauft war, an beiden Abenden, an denen Sven spielen sollte; Freitag und Sonntag.

Heute war Mittwoch, nein Donnerstag. Gegen die Zeit war man also gereist, einen geschlagenen halben Tag. So viel waren die älter hier, jeden Tag wieder, seit paar Millionen Jahren. War aber nichts zu sehen davon. Oder?

Die Kommentare im Rave-Mobil wurden langsam bißchen matter. Müde geschaukelt: die Sänfte, die menschliche Fracht; Art Dunst in den Köpfen, Brummen und Summen, Gedämmer. Getier?

Da tauchte die Stadt auf scheinbar, wow.

»Boaa.«

»Hammer!«

»Brett.«

Das war also Tokio. Nicht schlecht. Nee. Ganz okay.

*

Keio Plaza Hotel Inter-Continental, Zimmer 3354 und 3353. Also hoch über Tokio, 33. Stock. Zwei Zimmer, offene Türe, fünf Betten, fünf Typen.

Als eine Bierdose aufzischt, schrecke ich hoch.

Es war elf Uhr, aber schon Vormittag, schon der nächste Tag. Sven taperte ins Zimmer, aber mit einer Dose Wasser in der Hand.

»Bist du schon wach?«

Die Vorhänge waren zugezogen. Es war heiß. Die anderen lagen noch auf ihren Betten, kaum zugedeckt, grunzend und schlafend.

»Wir könnten mal was essen gehen.«

Das Hotel, zwei mächtige Türme, zweieinhalb tausend Zimmer, das zweitgrößte Hotel Japans angeblich, war unten eine hellbeige-marmorne, funkelnde, eigene Stadt in sich. Kleine süße grüne Frösche mit Häubchen standen im Lift und schämten sich, vielleicht weil wir uns nicht genügend schämten. Da schämten wir uns auch ein bißchen und waren noch mehr hingerissen.

Wir fanden einen weiten hohen Teesaal mit einer Riesen-Glaswand, dahinter lichte grüne leichtblättrige Bäume, und darunter gingen die Menschen draußen geschäftig auf dem Gehweg herum.

Das Frühstück kam. Plötzlich waren wir mitten in einem wichtigen Gespräch.

»Das müßte eigentlich alles ins Interview rein.«

»Dann hol halt schnell das Band.«

»Eigentlich eine gute Idee.«

## II

Wir redeten über die Entwicklung von ›Eye Q‹, Svens Label, das er 1991 mit Heinz Roth und Matthias Hoffmann gegründet hatte; und über seine eigenes DJ-Label ›Harthouse‹.

Ich fand, ›Eye Q‹ war in Gefahr, zu seriös werden zu wollen: die Art-Scheiß-Ecke. Und ›Harthouse‹ wollte mit aller Gewalt, durch formale Mätzchen, einen komischen Kultstatus wiedererringen, den man sich nur auf dem Feld der Musik selbst zurückerobern könnte; durch eine radikale Neudefinition dessen, was vor zwei Jahren ein wirklich sensationell plausibler Sound war: Hardtrance.

»Ich höre zum Beispiel heute manchmal Bässe nachts,«

# SVEN VÄTH

# MANIAC LOVE

## THE TOKIO TAPES

von
Rainald Goetz und Michi Kern

*„Let it rock."*

### I

Es war Ende Juli, und Sven Väth sollte in Tokio spielen. An einem heißen Mittwochnachmittag machte er sich in Frankfurt auf die Reise.

Mit einem elfstündigen Satz, der Sonne entgegen, übersprang er die alte Erde Europas und Asiens wie im Flug, an Bord eines dieser märchenhaft riesigen Jumbos, in den weiten Sesseln des Oberdecks, von einer als Stewardeß verkleideten Raverin aus München umsorgt, halb hellmunter, halb im Schlaf.

*

Ihm war, als hieße er „The Harlequin, The Robot And The Ballet Dancer".

Er sah sich auf Mission; von sehr weit hergekommen, aus den Tiefen ferner Märchen, Mythen und Geschichten; im Dienst der jeweils kommenden, neuesten Nacht.

Sein Auftrag hieß: Musik und Tanz, Extase, Abfahrt, Rausch. Er kannte Dämonen und beherrschte sein Handwerk. Er führte den Schatz eines ihm selbst fast verschlossenen Wissens mit sich; doch wußte er sich sicher beseelt von gewaltigen Kräften. Er war im Bund mit Feen, Faunen und Teufeln.

Und in glücklichen Momenten wollte jede nur erdenkliche Göttin der Glückseligkeit an seiner Seite stehen, um durch ihn durch sich lächelnd zu verschenken.

*

Als Sven auf dem kleinen Narita-Flughafen 60 Kilometer vor Tokio landete, war es gerade kurz vor halb zwölf. Er war unterwegs mit Alexander Azary, cooler Slacker, Master of style, fashion and taste, Mitbesitzer des Frankfurter Clubs „XS". Entgegen allen Warnungen, wie hart die japanischen Zollkontrollen sein würden, passierten die beiden unbehelligt die Ausgangssperren.

Tobi wartete in der Halle. Er hatte Sven für das „Yellow" hier gebucht, war selbst DJ und seit Jahren auf Reisen zu den Partys dieser Welt, immer seine Videokamera dabei. Außerdem standen da noch die Münchner, die diesmal für Foto und Dokumentation zuständig waren. Als Sven und Tobi sich sahen, rannten sie aufeinander zu und umarmten sich. Sie hatten sich zuletzt vor knapp vier Wochen auf der Love Parade in Berlin gesehen.

Das war ganz am Ende, vor dem „Elektro": überdreht, erschöpft und milde Stimmung; eine Heiterkeit, die in platonischen Dialogen den schönsten Gedanken zugeordnet ist; und in Verbindung mit dem heurigen Jahrhundertsommer auf einer heißen Wiese hoch über Montreux das sogenannte Alzheim Duo zu seinem Sommerhit „Druff durch den Sommer" inspiriert hat:

„Druff
durch den Sommäär
Auf der rosaroten Wolke schweben
MIT DIR
ah-ha-haaaaaaa
so dru-huff
DRUFF durch den SOMMER".

**Keio Plaza Hotel Intercontinental, Zimmer 3354**

Hier in Tokio war es heute genauso heiß wie in Deutschland; das heißt natürlich, noch viel heißer, tropisch heiß, brutal feucht-heiß: obergeil. Und am Himmel standen hellweiß und kompakt die sprichwörtlichen little fluffy clouds.

*

Tobi hatte für die Woche, die Sven hier sein würde, einen achtsitzigen Mitsubishi Cruiser gemietet.

Am Fußgängerübergang zu
Parkplätzen stand ein grell bu
kleideter Polizist, der mit einer
ben Leuchtstab ernst die dick
durchpflügte, um einen eige
ziemlich unvorhandenen Verke
regeln. Nicht weit von ihm lauer
nauso bunt glänzend, tief gek
eine bullige Motorradmaschine
sind sie ja schon, die kleiner
ster", meinte Sven anerkenner

Tokio zauberte ein bißche
gentlich von Anfang an, um Sv
gefallen. Und er war ja auch nic
wählerische, skeptisch gelang
Typ, der sich was bieten lasser
te; er war ein Mensch der offene
gen, einer geradezu programma
naiven Naivität, voll Vertrauen
die jeweils nächste Situation, z
dest ihm, selbstverständlich v
lem das Beste bringen würde.

Und das nächste Beste, m
um zwölf, bei über vierzig Grad,
das nicht vielleicht ein eisig k
Bier?

„Alle da? Ein Bier! ABFAHRT!

*

An der Raststätte gab es abe
Bier; nur eine menüartige
schautafel, die ein üppiges
bot von superkrassen Autoun
zeigte.

Sven deutete auf einen zer
ster: „Ich hätte gern den da, mit
riß er alle Arme und Beine glei
die Luft und lachte sein wildes, k
irgendwas zwischen Selbstver
und grausam frecher Kinder-H

Fast schon als Text hatte die
nen Weg auf das neue Album ge
an exponierter Stelle: wo die
ganzen Erde, gesehen aus d
Weltalls, zu der mit eben diesem
tigten Entscheidung führt, da
schöner wäre, *mitten drin* zu se

Dann senkt sich heulend irge
durch die Atmosphärenluft da

einem fröhlich zwitschernden Wald und landet, platsch, im Wasser eines Weihers oder Flusses. Da bin ich, Leute! Und schon beginnt das Summen einer Stimme, wird ein Lied, mit einer zweiten Stimme, Akkorde kommen, Rhythmen, richtige Musik.

Die Musik, die Sven in sich hörte, kam vielleicht aus dem All; war jedoch zugleich dreckig, erdig, menschennah; mitgenommen, abgelebt

„Die Leute haben ihn jedenfalls geliebt."

Tobi erzählte, daß das „Yellow" schon ausverkauft war, an beiden Abenden, an denen Sven spielen sollte; Freitag und Sonntag.

Heute war Mittwoch, nein Donnerstag. Gegen die Zeit war man also gereist, einen geschlagenen halben Tag. So viel waren die älter hier, jeden Tag wieder, seit paar Millionen Jahren. War aber nichts zu sehen davon. Oder?

**Über sieben Brücken mußt du gehen (mußten wir auch)**

und superkomisch; von der Stimmung der Stimme seines Lachens gestimmt: toll.

*

Die Autobahn war verstopft. Im Stau ging es rukkend dahin. Oberbayrische Hügel zogen vorbei. Lasterfahrer winkten mit weißen Handschuhen aus ihren Fahrerkabinen: vorne hochgesext und aufgetranst in irrem Chrom; und hinten alten Müll geladen, Bauschutt, Abfall, Jauche, danke.

Tokio Disneyland, das gab es auch. „Cinderella, Barbarella, Nutella". Stracciatella: Sven wollte einen Rave in Neuschwanstein mal machen und ließ sich Storys erzählen vom kranken bayrischen Kultkönig Ludwig II.

„Der war ja einer von uns?!"

Die Kommentare im Rave-Mobil wurden langsam bißchen matter. Müdegeschaukelt: die Sänfte, die menschliche Fracht; Art Dunst in den Köpfen, Brummen und Summen, Gedämmer. Getier?

Da tauchte die Stadt auf scheinbar, wow.

„Boaa."

„Hammer!"

„Brett."

Das war also Tokio. Nicht schlecht. Nee. Ganz okay.

*

Keio Plaza Hotel Intercontinental, Zimmer 3354 und 3353. Also hoch über Tokio, 33. Stock. Zwei Zimmer, offene Türe, fünf Betten, fünf Typen.

sagte ich, »die sind so fett und riesig, das habe ich noch nie gehört. Auch gibt es eine doch wieder NEUE Fusion der härtesten, krassesten, schon richtig ordinär gabberigen Brutal-Sounds mit zarten, melodiösen, fürsorglich freundlichen Elementen; und all das in den polterndsten und rumpelndsten Verrückt-Rhythmen, die trotzdem nicht auf das 1-2-3-4-ABFAHRT-Glück der superstumpf und fast schon wie im Witz durchhämmernden Bassdrum verzichten – undsoweiter undsoweiter. Das wäre doch der Ausgangspunkt, nicht die sogenannte limitierte 10-inch oder irgend so ein Kultscheiß.«

Sven: »Es geht ja nicht um Kultscheiß. Aber der Apparat, den wir uns aufgebaut haben, erlaubt kein Stockprogramm. Wir können nicht sagen, wir bieten euch hier die ›Harthouse drei‹ nochmal an. Das geht nicht, bei unseren Verkäufen. Dafür ist unser Konzept: die Essenz vom letzten halben Jahr kommt auf CD. Dieses Konzept ist in sich schlüssig. Und es gibt inzwischen viele Leute, die sind Liebhaber dieser Musik, gehen aber nicht in den Club. Jetzt ist die Frage, wie erreiche ich diese Leute? Oder wie erkläre ich dem Käufer, was wir da tun? Ich möchte nicht sagen, wir sind Avantgarde, Art, das ist natürlich alles Quatsch. Aber die Leute brauchen immer irgend einen Namen, an dem sie sich festhalten können, wo sie sagen: das bin ich.«

R: »Welcher Name soll das denn sein?«

Sven: »Ich weiß nicht, also bei ›Recycle or Die‹ nennen wir es Electronic Mind Music.«

R: »Horror, das finde ich schrecklich. Aber egal.«

Sven: »Ja, wie willst du es nennen? Sollen wir es jetzt New Age nennen? Oder Ambient? Sollen wir es einfach ruhige Musik nennen? Ich meine, der Oberbegriff für mich ist immer Musik.«

R: »Für mich muß der Oberbegriff Techno sein.«

Sven: »Es geht aber doch eigentlich nur um Musik.«

R: »Das reicht aber doch nicht.«

Sven: »Vielleicht moderne Musik in verschiedensten Formen? Ich finde Teckno jedenfalls nicht angebracht.«

R: »Techno. Ich schon. Weil das alles in Zusammenhang mit Techno passiert ist. Sonst gäbe es gar kein Ambient und all das. Ich habe doch keine Lust, mir heute eine Tangerine Dream Platte oder so was zu kaufen. Was auf der Realebene der Club und das Ausgehen ist, also die Basis, ist im Begrifflichen das Wort Techno.«

Sven: »Guck doch mal nach England rüber. Da nennen sie es Artificial Intellegent Music.«

R: »Aua, aua, aua.«

Sven: »Diese Begriffe, gut. Ich glaube, daß die das selber auch irgendwie Aua finden. Aber der Käufer fühlt sich damit angesprochen. Der sagt sich, mein Gott, ich lese ›Speck's‹, ich bin intellektuell. Da ist das doch die Musik, die ich hören muß. Da lache ich auch. Aber das ist so. Die Leute brauchen ihr Häkchen, wo sie sich daran festhalten können.«

R: »Was bedeutet das musikalisch?«

Sven: »Ich bin immer daran interessiert, Brücken zu schlagen und nicht an Sachen festzuhalten. Das würde mich total einschränken. Bei der ganzen Clubmusik, heißt sie nun Acid oder das und das: Wenn es da heißt, Acid darf nur diese Elemente haben, und House nur das und das – back to Spießertum kann ich da nur sagen. Ich denke mir, wo kann man sich denn noch entfalten, wenn die Formen derart erstarren.«

R: »Ich finde die Formen eigentlich gar nicht erstarrt.«

Sven: »Stimmt vielleicht. Aber wenn ich mir mal ansehe, was in den letzten Jahren auf diesen Raves alles passiert ist. Da habe ich gemerkt, daß viele DJs sich einfach in eine Sackgasse fahren.«

R: »In welche Sackgasse?«

Sven: »Daß das musikalische Niveau total gesunken ist.

Und wenn die Arme nicht in die Luft gehen, hast du schon abgelosed.«

R: »Echt? Was war denn der letzte große Rave, auf dem du gespielt hast?«

Sven: »Das war diese Hessen-Night, da habe ich aber nur eine Stunde gespielt. Da kann man sich musikalisch gar nicht entfalten.«

R: »Die Raves haben doch eine völlig andere Funktion: das sind Kongresse und Konvents, wo aus allen Städten die Leute anreisen. Da geht es nicht nur um die Musik.«

Sven: »Mir geht es aber um die Musik, um nichts anderes.«

R: »Das wäre ja traurig. Du bist doch fast der einzige DJ, der beim Auflegen selber richtig abfeiert.«

Sven: »Sicher.«

R: »Also geht es dir nicht nur um die Musik.«

Sven.: »Mir geht es, wenn ich ganz ehrlich bin, nur ums Tanzen. Weil das etwas Befreiendes ist. Daß in Verbindung mit der Musik, die ich spiele, eine Party entsteht. Das ist was Schönes. Das finde ich geil. Das beinhaltet etwas Rituelles, die Musik und der Tanz. Ich sehe den Leuten zu, wie sie tanzen, wie sie sich mitbewegen. Ich muß die Leute entgleisen lassen können durch meine Phantasie, meine Interpretation, die Rhythmen, Erotik, Sex, phantastische Visionen. Das alles beinhaltet die ganze Sache. Und dazu brauche ich musikalisch meinen Freiraum.«

R: »Aber das hast du doch jedes Wochenende. Das ist doch kein Einwand gegen die großen Raves. Da kommt jemand aus den letzten Nest hinter Innsbruck und sitzt plötzlich neben jemandem, der kommt irgendwo aus Holland, und dann sitzt da noch ein Engländer dabei, oder so. Diese Funktion haben die Raves. Ich finde jede Art von Popularisierung gut. Wenn etwas aus einem Insiderkreis heraustritt und sich plötzlich ganz viele Leute da anschließen können. Das ist doch das Schönste. Mich stört die Betrachtungsweise, dieses Gerede überall gegen die Raves, das Negative daran.«

Sven: »Nein, das ist ja nicht negativ. Ich bin kein Negativ-Mensch. Ich habe nur keine Lust, einen Schritt zurückzugehen mit meiner Musik. Ich mache das ja aus dem Gefühl heraus. Ich mache mir nie Gedanken, was ich auflege. Ich lege es einfach auf. Und gebe den Leuten das Gefühl: hier macht einer Musik, der auch tanzt, ich gehe da als Tänzer ran: es wird gegroovt, es geht in meinen Arsch und in die Taille. Das ist für mich Science Fiction House Music. Hardcore is a state of mind, das spürt man, das fühlt man. Und dann lasse ich mich von allem inspirieren, ob das Indien ist, die Clubs, mich inspiriert auch einfach das Jetzt. Wie mich die Leute anschauen. Da sind vibes, die überspringen. Dieses Spiel, das ist die Suppe, die immer wieder neu gerührt wird und gewürzt.

Und ich bin auch der Typ: ich gehe da raus und sage, hier bin ich. Paßt mal auf Leute, laßt uns zusammen das machen, und klar – ab gehts. Das ist mein Typ ganz einfach. Und wenn sie dann noch das Gefühl haben: guck mal, das ist doch nicht so eine Maschine, da ist Gefühl da. Da ist jemand da, der ein Hexenmeister oder Reiseleiter ist. Da können wir uns fallen lassen. Der verarscht uns nicht. Dem vertrauen wir uns einfach an.«

*

Ich: »Wie stehst du denn zu dem Pop-Konzept von ›Low Spirit‹?«

Sven: »Westbam ist einer meiner ältesten Kollegen, wo ich wirklich sage: wir verstehen uns, da gibt es überhaupt kein Problem. Was ich aber generell ablehne, das sind Parolen. So Sachen wie ›Foreward ever, backward never‹, oder ›No more fucking rock'n'roll‹. Wo ich denke, der

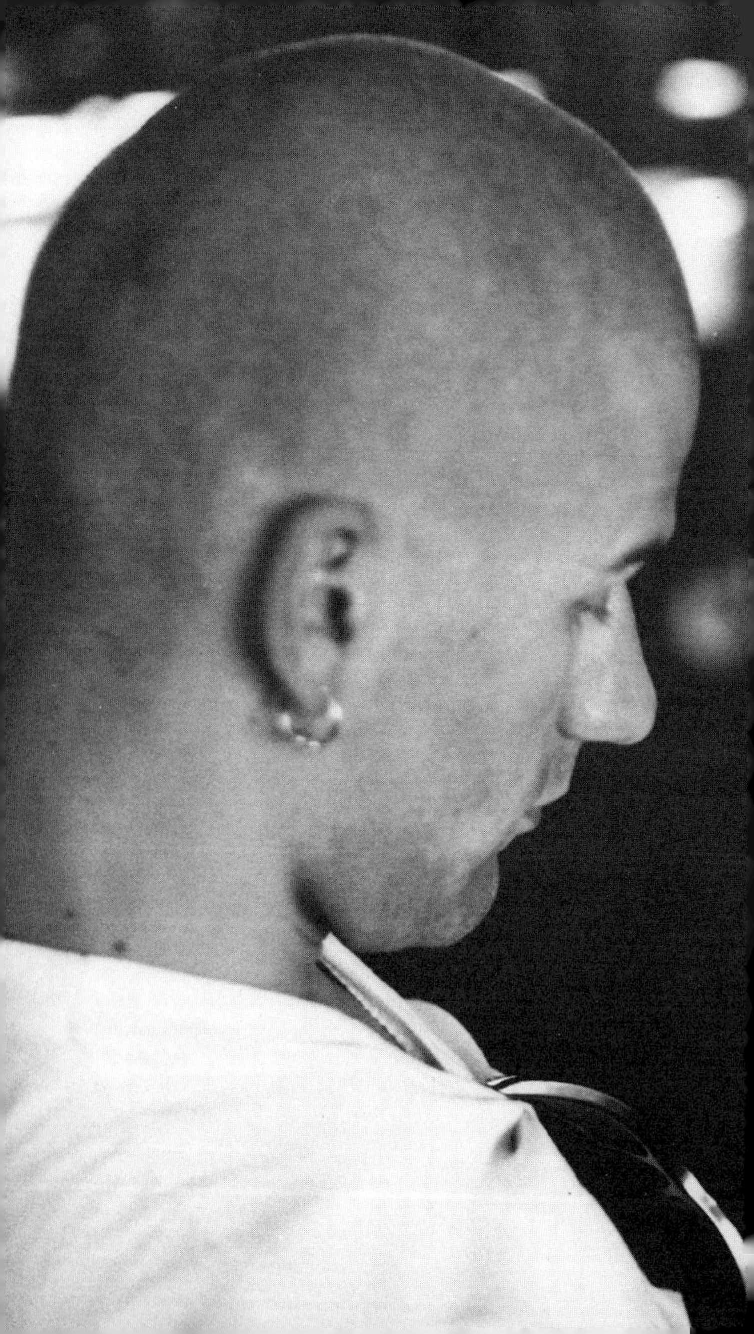

Spruch ist eigentlich geil, aber als Parole ist das Quatsch.«

R: »Ich verstehe die Parolen von ›Low Spirit‹ eher als Punk, als Witz.«

Sven: »Für mich ist das Rock'n'Roll.«

R: »Das macht ja nichts. Ich will das trennen: was die Leute sagen über ihre Sache und wie das wirklich abgeht, wirkt und funktioniert. ›Low Spirit‹ macht Pop, die treiben Techno in Pop-Richtung weiter, auf eine Verbreiterung hin, raus aus den Insider-Kreisen. Und das finde ich, wie gesagt, super.«

Sven: »Ich finde das auch gut, wie sie ihr ganzes Ding durchziehen, die Mayday, das ist alles professionell aufgezogen. Was mich aber immer abschreckt, wie gesagt, das sind Parolen, das ist mir zu deutsch. Das macht mir ein bißchen Angst.«

R: »Angst wovor?«

Sven: »Das ist doch eigentlich das Gegenteil von dem, wofür wir angetreten sind in der Musik, in dieser Bewegung: Toleranz, Offenheit, jeder kann sein Spielchen spielen. Der Kuchen ist groß genug. Und so Parolen engen die Sache wieder ganz schön ein.«

R: »Vielleicht. Ich nehme sie bloß nicht so wichtig, die Parolen.«

Sven: »Du bist natürlich auch ein alter Kopf.«

R: »Das stimmt.«

Sven: »Aber so ein Jugendlicher, der das auf die Stirn geprägt kriegt, der glaubt das halt.«

R: »Ich glaube, als Jugendlicher glaubt man viel weniger, als alle immer so glauben.«

Sven: »Ich lasse eben lieber einfach die Musik sprechen.«

R: »Das ist aber doch ein Widerspruch zur Situation dieses Gesprächs. Da könnte man sich quasi gar nicht mehr verbal äußern. Es ist eben immer beides: man macht einerseits seine Musik, und andererseits sagt man was. Zum Beispiel äußert man sich in komischen Parolen, die Comic-Charakter haben. Die Parole ›Raving Society‹, das ist für mich so eine richtig geile Comic-Parole. Das ist doch ein Witz. Was soll denn das bedeuten? Das ist doch keine ernsthaft inhaltliche Aussage. Mehr so: hier, friß mal. Und dann plagen sich alle irgendwie damit rum. Das finde ich total lustig.«

Sven: »Soll ich das also nur als Witz verstehen?«

R: »Es ist eben eine Intervention, eine Provokation, die Aufmerksamkeit auf sich zieht. Gerade das hat natürlich wieder genau was traditionell Rock'n'Roll-haftes. Das stimmt. So wie ich ›Eye Q‹ in Gefahr sehe, plötzlich so eine künstlerische Seriös-Anerkennung anzustreben, so ist die Gefahr bei ›Low Spirit‹ vielleicht, plötzlich wirklich allen Ernstes im gesellschaftlichen Diskurs politisch was sagen zu wollen. Das sind für mich zwei ganz gleiche, gegensätzliche Fehler, die drohen. Aber wenn man dann wieder jeweils nur die Musik nimmt, ist eigentlich alles in Butter, finde ich.«

Sven: »Es gibt halt Leute, die machen das wirklich mit Witz. Das berührt mich vielleicht nicht so sehr, aber das bringt mich zum Lachen. Das finde ich okay. Man darf das alles aber auch nicht so total ernst nehmen. Ich meine, um was geht es denn hier eigentlich?«

*

Dann sagte ich: »Der andere Punkt ist diese Kokain-Geschichte, von der du in verschiedenen Interviews schon erzählt hast. Das würde ich gerne mal genauer hören. Wie kam denn das?«

Sven: »Das ist natürlich eine Sache der Nacht. Das wurde mir so auch näher gebracht, daß ich irgendwann gesagt habe: probiere ich das eben mal. Und fand es auch geil am Anfang. Irgendwann habe ich auch viel Geld dafür ausgegeben, immer andere mit eingeladen. Alleine macht das ja auch keinen Spaß, das zu nehmen.

Was ich nicht gemerkt habe: daß ich mich innerlich veränderte. Ich wurde hart und kalt in vielen Sachen; in meinem Ausdruck; wie ich mich benommen habe. Ich habe das aber gar nicht registriert. Es wurde mir von außen gesagt: hey Sven, langsam, es reicht doch. Nee, laßt mich in Ruhe. Jemand der Drogen nimmt, der gibt ja nie zu, daß er drauf ist, daß er abhängig ist. Bei Koks schon gar nicht. Da weiß man alles besser, da ist man ja der Schlauste.

Ich habe das dann also volle Pulle durchgezogen. Dann habe ich einfach mal so aufgehört; und habe aber nach einem halben Jahr wieder angefangen. Und da wurde es richtig extrem.

Dann habe ich das erste Mal, so morgens beim Aufstehen, Depressionen gehabt und Sachen in mir gespürt, die ich gar nicht in mir kenne. Wo ich gemerkt habe: so dunkel, grau, Schluchten, negativ. Ich bin eigentlich, wie gesagt, überhaupt kein Negativmensch. Da merkte ich oh oh, da geht was ab mit dir.

Zu der Zeit war auch die Ela, die Mutter meines Kindes, schwanger gewesen, von mir. Das war ein Accident, wo ich das auch wußte; wo ich am Rande mitbekam, du wirst Vater. Was ich auch total verdrängt habe. Ich war mir der Sache überhaupt nicht bewußt.

Ich kann mich noch erinnern, in der Nacht habe ich mit Leuten noch mit Koks rumgemacht. Dann bekomme ich einen Anruf: Sven komm sofort ins Krankenhaus. Dein Kind kommt. Ich: ins Krankenhaus! Kind: uah!

Ich bin sofort ins Krankenhaus gefahren. Nach 16 Stunden kam dann das Baby. Ich habe das mitgekriegt. Die haben mir dann so ein Blutknäuel in die Hand gedrückt, ein Kind halt. Ich habe mich auf einmal so

LAGER

scheiße gefühlt, das kannst du dir überhaupt nicht vorstellen. Diese Pure in der Hand zu haben und ich selbst in der Nacht gezecht, Koks in der Nase. Da bin ich erstmal: Kreislauf runter, da wurde es mir ganz schlecht. Ich habe mich vor mir selbst geekelt. Ich sagte: Sven, das wars.

Ich bin ein extremer Mensch. Bei mir mußte wahrscheinlich erstmal so was Extremes passieren, daß ich es selbst gerafft habe. Ich bin da auch wirklich froh darüber, daß das passiert ist. Und ich liebe meine Tochter auch unwahrscheinlich. Auch weil der Tag für mich so etwas Besonderes war. Daß ich mich selbst auf einmal so ganz klar in dem Moment sehen konnte, mich so angekotzt habe, daß ich mir gesagt habe: Sven, du mußt was ändern in deinem Leben.

Dann habe ich von heute auf morgen aufgehört und auch nie mehr wieder was angerührt. Die Sache ist ja die, bei einem Entzug: ich habe die Erfahrung gemacht, man muß es da machen, wo man es auch angefangen hat. Man muß da seinen Arsch aus der Scheiße rausholen, wo man ihn auch reingesetzt hat. Das ist das Schwierigste.

Ich habe mein Umfeld nicht verlassen. Ich bin nicht geflüchtet. Ich habe nicht gesagt, ich muß jetzt erstmal drei Monate in Therapie, ich muß jetzt erstmal in Urlaub. Ich habe gesagt: nee, du ziehst deinen Arsch hier aus der Scheiße raus, im Club und machst weiter.

Und jeder kam: hier Sven, hier hast du wieder was. Ich sagte: Leute, paßt auf, ich nehme nichts mehr. Ja ja, wir sprechen uns morgen, okay. Ich sagte: nee, die Sprüche gehen nicht mehr, laßt mich in Ruh. Es wollte mir keiner abnehmen.

Ich habe langsam gemerkt, daß die ganzen Leute, mit denen ich zu tun hatte, daß ich mit denen nicht mehr reden konnte. Die haben mir nichts mehr gesagt. Das waren Drogenfreundschaften, mehr ist da nicht passiert. Das war für mich plötzlich so durchschaubar. Es war dann eine Sache der Willensstärke. Natürlich hat mir meine Musik auch viel geholfen, weil ich an was glaube: was ich weitermachen will.

Da hatte ich zwei Jahre ganz schön zu knabbern. Es ging eigentlich erst nach zwei, drei Monaten richtig los. Wo ich auf einmal Zitteranfälle bekommen habe, Schweißausbrüche. Wo ich im Bett gelegen habe und mich so einsam gefühlt habe. Ich war so sehr in ein schwarzes Loch gefallen, daß ich Angst hatte. Ich hatte Angst durchzudrehen, weil ich mit solchen feelings konfrontiert worden bin, mit denen ich noch nie was zu tun hatte.

Ich kenne kaum Leute in meinem Umfeld, die das so knallhart gepackt haben. Ich glaube, das ist die härteste Droge, die es gibt. Koks kostet dich deine Frau und dein Haus und deine Freunde. Und deine Seele.

Dann habe ich gemerkt: auf einmal habe ich mich wieder gefunden, nach einem halben Jahr. Lache ich einfach, Humor. Sven, bist du wieder da. So Sachen, die ich schon seit Jahren nicht mehr hatte. Wo ich gesagt habe, das habe ich gar nicht mehr gewußt. Ich habe gemerkt, ich bin ein friedlicher Mensch in mir, der das auch gerne immer teilt. Das war alles so weg gewesen. Ich habe zwei Jahre daran geknabbert. Das war nicht nach einem Monat vorbei oder nach drei Monaten. Da habe ich zwei Jahre daran geknabbert.

Die härteste Zeit war, ich habe nach zwei oder drei Monaten angefangen, fast jede Nacht davon zu träumen, jede Nacht, daß ich Koks genommen habe. Dann bin ich weinend aufgewacht, habe mir an die Nase gegriffen. Du hast nur geträumt. Ich war dann fix und fertig. Das hat mich so verfolgt im Unterbewußten, im Traum. Überall war es da, weiß, es war wieder eine Party, ich habe wieder geschnupft. Das hat mich sehr lange verfolgt, überall.

Heute, wenn ich mit Leuten feiere und merke, es wird

angefangen zu schnupfen, dann gehe ich der Sache aus dem Weg oder gehe einfach. Ich kann mich in das Ding nicht mehr einklinken. Ich habe auch seitdem nie mehr was genommen. Das ist jetzt, am 8.9. ist meine Tochter geboren, da sind es fünf Jahre.

Wenn ich sage: Leute, seid vorsichtig mit Drogen, dann spreche ich aus Erfahrung. Das ist eine Erfahrung, da möchte ich eigentlich nicht, daß die jemand macht. Da muß aber jeder selber durch. Jeder entscheidet für sich selbst. Das ist klar. Ich kann nur aus meiner Erfahrung sagen, laßt die Schnupferei sein.«

*

Einerseits. Großes Andererseits.

Ich: »Ich glaube, daß vielleicht jede Droge einen scharf gebündelten Strahl auf irgendeine Menschenwahrheit richtet. Und daß Koks einen auf die Kaputtheit hin richtet, auf den Ernst und die Strenge der Kaputtheit des Erwachsenenlebens. Daß man das wissen will, diese Kaputtheit in sich haben will. Die Leute gerade so Anfang 20, die das so stark nehmen, die wollen nichts wissen von der Kraft ihrer Jugend, die wollen die weg haben. Die wollen die ganze Kaputtheit der Welt in sich reinleben. Und da liegt auch eine ganz seltsame, traurige Weisheit darin.«

Sven: »Man muß eben so einen Pegel finden für sich selber. Das ist Arbeit. Ich bin ein Skorpion. Ich bin ein starker und sehr triebhafter Mensch, will es wirklich wissen. Dann hau ich mir selbst eine Ohrfeige rein, das muß ja gar keiner mitkriegen, und sage: okay, jetzt reichts. Da habe ich was daraus gelernt. Daß ich dann sage: Sven, das ist nicht deine Droge. Davon läßt du die Finger weg. Es gibt Dinge im Leben, die muß man einfach abschließen. Einfach Schlußstrich. Und dann auch kein Fra-

gezeichen hintendranstellen, sondern einen Punkt und abgeschlossen. Das ist wichtig für mich.«

R: »Ich finde es nur wichtig, daß man dann nicht so als Gereinigter und Geläuterter rumzieht. Das ist eigentlich immer ziemlich gräßlich.«

Sven: »Klar. Aber trotzdem muß doch immer ausdrücklich genug darauf hingewiesen werden, daß man eigentlich keine Drogen nehmen sollte. Das betrifft auch dieses Frankfurter Drogenheftchen, an dem ich ja auch mitgearbeitet habe. In Frankfurt ist man, viel mehr als in anderen Städten, mit einer so harten Drogenszene konfrontiert im Nachtleben. Da muß man einfach irgendwie warnen.«

R: »Aber genau das hat man doch tausendmal gehört. Wenn ich diese Drogenspots sehe, denke ich immer, die geilen Typen nehmen die Drogen. Während Matthäus auf sein Tor schießt, geht der eine da hinter. Da stehen dann diese langhaarigen Heinis und schauen böse und verführerisch. Da gehts dann ab. Da ist doch jeder normale Mensch sofort dabei. Dieses ewige Warnen ist doch der Fehler genau der traditionellen Drogenaufklärung. Daß immer gesagt wird, tu das nicht. Und du sagst automatisch, so lebst du dein ganzes jugendliches Leben: alles, was sie mir erzählen, das mache ich genau umgekehrt.«

Sven: »Ja klar. Aber es ist wichtig, daß darüber gesprochen wird. Daß man offen darüber redet. Das ist der wichtigste Schritt überhaupt.«

R: »Das ist eben sehr schwierig, weil Drogen sowas extrem Intimes sind. Das fährt eben wirklich sehr tief ein. Da kann man nicht so ohne weiteres sagen, ich bin da ganz offen. Das ist fast so schwierig, wie über Sex zu reden. Das geht ja auch kaum.«

Sven: »Man muß halt die Gefahren deutlich genug rausstellen.«

R: »Ich weiß nicht. Ich kenne nirgends so viel kritisches, warnendes Gerede über Drogen, so viel auch medizinisch absolut blödes Geschwätz, als genau da, wo wirklich viele Drogen genommen werden.«

Sven: »Stimmt schon. Aber das resultiert auch aus den Erfahrungen, aus dem, was man gesehen hat. Und wenn ich ehrlich bin, muß ich sagen: nach zehn Jahren Nachtleben, was ich gesehen habe, was Drogen angestellt haben: es ist eine Scheißsache. Das ist die Realität. Die meisten Leute können mit Drogen nicht umgehen.«

R: »Dann schau aber auch mal, was das normale Leben mit den Menschen anstellt.«

Sven: »Man müßte eigentlich ganz woanders anfangen, beim Konsum selbst. Wir reden ja wirklich von 15-, 16-, 17-Jährigen, und nicht von diesen alten Hasen. Wenn einer bewußt Drogen nimmt, der informiert sich, was er nimmt. Und darüber kannst du Lektüre kaufen.«

R: »Eben genau nicht. Es gibt kein einziges vernünftiges Buch darüber, das die Sache einfach mal so beschreibt, wie sie heute ist.«

Sven: »E for Ecstasy, hast du das gelesen?«

R: »I! Das ist ja wirklich superwiderlich. Allein schon der ganze Sound, wie dieser Typ redet. Hat da seine Drogenreligion entdeckt, und dann wird da rum bekehrt. Das finde ich noch schlimmer, als den Eifer der zum Atheismus der Nüchternheit abgefallenen Heretiker.«

Sven: »Aber diese Kids wissen nicht, was sie nehmen, wie sie es nehmen.«

R: »Echt? Woher weißt du das denn? Woher kommt das eigentlich, daß Erwachsene nie die Entscheidungskraft eines Jugendlichen richtig sehen können? Ich weiß nicht genau, wie entschlossen ich mit 15 war. Aber die konnten mir jedenfalls alle ziemlich viel erzählen. Und ich habe mir dann doch genau die Dinge gegeben, die ich wollte, und die, die ich nicht wollte, nicht. Ende.«

Sven: »Ja, ich auch.«

R: »Eben. Und wer weiß denn, was in zehn Jahren in

den Köpfen dieser dann erwachsenen Leute dadurch passiert, durch diese Erinnerung: vier Jahre nur unterwegs, es war endhart, ich habe nicht gewußt, was abgeht. Aber es war ein Brett. Das kann man doch gar nicht wissen, was die Menschen dadurch in ihr Erwachsenenleben reintragen.«

Sven: »Gut, aber du bist mit der Sache nicht so konfrontiert wie ich, tagtäglich.«

R: »Das stimmt. Aber vielleicht sehe ich umso besser das wirklich Positive daran. Das sind doch alles, Alkohol, Nikotin, Meskalin, Äthanol, Morphium, Valium, Tradon, Speed, nimm, was du willst, alles gewaltige Türöffner, große Heilige. Und die heutige Profanisierung dieses Heiligen: das finde ich eine der geilsten Sachen, die unsere Zeit unterscheidet von den 60er und 70er Jahren. Da waren die Drogen wirklich noch so ein wichtigtuerisches, auch sehr egozentrisches Experiment. Heute heißt es einfach: Einpfiff, Einwurf, Ende, Abfahrt. Und das ist so total viel geiler so. Das ist Demokratie für mich, im allergeilsten Sinn.«

Sven: »Ich will ja auch kein Moralapostel sein, dafür bin ich viel zu gerne Genießer. Aber ich muß mir halt in meiner Position auch Gedanken machen, auf die ich vielleicht keinen Bock habe. Die brauche ich vielleicht wie ein Loch im Kopf. Aber der Sache kann ich mich nicht entziehen. Ich werde damit eben dauernd konfroniert.«

R: »Ich rede ja auch eigentlich nur gegen diese Vorstellung, daß man da selbst Erfahrungen machen könnte, die man dann weitergibt an andere. Das ist einfach falsch. Und natürlich wird es irgendwann so sein, daß eine freie Gesellschaft jedem einzelnen alle Verantwortung zuweist, welche Stoffe er sich zuführen will und welche nicht.«

*

Als ich zum ersten Mal auf den kleinen Super-Sony meines Vaters schaute, hatte das 120er Tape schon aufgehört zu laufen. Großer Schreck: Haben wir das alles jetzt gar nicht mehr drauf? Wir spulten zurück, stellten an, und ich hörte Svens 17 Sekunden zuvor gestellte Frage: »Wann hast du denn deine erste Ecstasy genommen.«

Und meine Stimme sagte: »Mit 34.«

»Siehste«, sagte Sven.

Oben im Zimmer wälzten sich die anderen gerade so langsam in den Tag. Sven stand wankend vor seinem Bett, stürzte wie ein gefällter Baum um, und lag dann da. Und war sofort in tiefen Schlaf gefallen.

## III

Sven betrat als erster die Höhle.

Es war dunkel und ging nach unten; dann noch tiefer. Andere Gesichter waren auch schon da. Sie bewegten sich leicht an den Wänden. Sie wurden immer mehr und kamen näher, zusammengedrängt in Grüppchen, lauter kleine junge Mädchen. Die Musik spielte, die Mädchen lachten. Sven lachte zurück, und die Mädchen kreischten, duckten sich weg und ineinander hinein. Dann kamen sie wieder hoch und hatten die Hände vors Gesicht geschlagen. Waren sie zu weit gegangen?

Eine berührte Svens blond behaarten Arm ganz kurz und verneigte sich dankbar. Eine streichelte seinen geknäulten Zopf. Eine hatte eine Kamera, und ihre Freundinnen neigten ihre Köpfe Svens Kopf zu: Flash. Noch eine hatte eine Kamera und natürlich noch eine. Und eine machte Fotos vom Fotomachen. Die kleinen Jungs sahen fröhlich zu und kamen auch näher. Sie brachten Platten

von Sven und einen Leuchtstift. Die Mädchen brachten Bilder, Organizer, Büchlein, Alben. Sven schrieb mit großem schnellen Zug seinen Namen hin und malte eine lachende Sonne darunter. Manchmal kriegte die Sonne auch noch so einen springinkeligen Körper dazugestrichelt.

Die Beschenkten verneigten sich, und Sven verneigte sich. Die Herzlichkeit hatte perfekt ihr Maß an einem zarten Respekt für die jeweils individuelle Distanz zwischen fremden Menschen. »Human beings schould be lovely«, hatte Sven im Moby-Interview gesagt. Und manchmal waren so die Menschen wirklich.

So war der erste Abend im ›Cave‹: ein Traum.

*

Die Abfahrt war gigantisch. Wenn die Lichter für Momente aufflammten von hinten, rot, gelb, blau und hyperweiß, waren Geschrei und Pfiffe fast lauter als die Musik.

Sven spielte seinen Sound, und es war, als hätten alle genau darauf gewartet. Sie kannten die Platten und tanzten sich glücklich in Rage. Sie schwenkten ihre kleinen Evian-Flaschen hell über ihren Köpfen. Viele tanzten Sven direkt zu. Viele waren ganz in sich und der Musik versunken. Und die Nacht baute sich immer noch mehr auf.

In den Gängen kauerten erschöpfte Raver an der Wand. An den Bars ging nochmal eine ganz andere Party ab. Die ersten Töne von Ralf Hildenbeutels ›Firedance‹ waren zu hören, und mit weit aufgerissenen Augen schauten sich paar 14-Jährige an und stürzten wie auf Kommando hinaus auf die Tanzfläche. Von oben schauten die Älteren zu, lässig und wissend an die Balustraden der Balkone gelehnt.

Die Halle war jetzt wirklich weg. Sie bewegte sich in Wellen aus Köpfen, und eine Gischt von Händen wehte nach vorne im Takt. Sven reckte seinen kurzen Körper hoch hinter den zu hohen Maschinen. Er nahm sich den Deckel einer seiner Plattenboxen, drehte ihn um und sprang da rauf. Sein Oberkörper war jetzt nackt. Er schwitzte. Er beugte sich runter: »Bringst du mir noch einen doppelten Gin-Tonic bitte!« Dann tanzte er wieder. Wenn die Platte fast zu Ende war, nahm er einfach eine nächste aus seinem schätzereichen Vorrat heraus, knallte sie auf den freien Technics, lauschte kurz in seinen Kopfhörer, pitchte das Gehörte mit paar schnellen hingehauchten Bewegungen zurecht. Und ab ging die nächste Nummer. »Try me!«

»Wenn Sven die Arme hebt«, hatten Jens Mahlstedt und Stefan Kloos in ihrem klasse ›Boom‹-Porträt geschrieben, »predigt er. Ein Mann, der seine Präsenz jede Sekunde vermittelt.« So war es auch hier. Und die Sekunden hörten nicht auf. Die Zeitgötter nickten. Und der, den sie liebten, war selig.

*

Als die Musik aus ging schließlich, applaudierten die Raver. Sven verneigte sich strahlend, die Hände gefaltet vor der Brust, mit einer kleinen, fernöstlich gläubigen Verbeugung. Er lachte den Mädchen zu, die bei ihm hinter dem DJ-Pult standen. Dieser Freitag im ›Yellow‹ war der Hammer gewesen. Und der Glücksgenerator war jetzt zugleich total erschöpft und selber völlig glücklich.

Am nächsten Tag, nach der nächsten Party und Afterhour-Party, saß Sven in der Morgensonne vor dem ›Maniac Love‹ auf einer Stufe. »Ich glaube schon«, sagte er, »daß ich die so bißchen VERZAUBERT habe.« Und lachte diese Wahrheit sofort wieder kaputt mit aller Kraft.

*

Der Rave-Bus glitt dahin durch die diesig feucht dampfenden, nächtlichen Straßen. Die Lichter der anderen Autos leuchteten noch funkelnder als sonst. Eine grell bestrahlte, bunte Baustelle, voll in Aktion, war kurz Dekoration in diesem Film, ›Blade-Runner‹-Style. Die Luft war heiß. Das Wasser sank als feinstes Aerosol zu Boden. Der Wagen hielt in einer engen Gasse. Sven stieg aus und rief der matt in den Sitzen hängenden Band zu: »Und! Was ist jetzt los mit der Raverai, Feierai, Schwainerai!«

Die Kreaturen der Nacht purzelten heraus und rafften sich notdürftig zusammen. Nach paar Schritten schoben sie schon wieder als eine Horde Seemänner auf Landgang vor sich hin. Tobi war der Scout und führte die Hungrigen zu einer kleinen Bude. Innen saßen auf hölzernen Bänken an einem langen Tisch die Leute eng gedrängt vor ihren Suppen. Das erste Bier trank sich im Stehen draußen wie von selbst. Andere Wartende kamen dazu. Kaum hatte der Nieselregen die Haut berührt, war er schon verdampft.

Wenn ein hübsches Mädchen vorbeikam, konnte Alex seinen Hals um 180 Grad drehen und seine Leuchte-Augen ganz weit ausfahren. Die so direkt Angeglitzerten reagierten enthusiasmiert, gingen lächelnd weiter oder blieben, im Club jedenfalls, kurz stehen. Dann wurde sofort begeistert aufeinander eingeredet in verschiedenen Sprachen, und jeder verstand was Schönes. Alex war der Mann des haltlosesten Lobpreises dieser Stadt und der Schwarm aller ihrer niedlichen Prinzessinnen.

»Was sind da süße Mädels dabei! Alle bißchen scheppe Zähne.«

Uli machte Fotos anfallsweise wie im Schlaf. Er war textmäßig allerdings nicht ganz so in Hochform wie zwei Wochen davor in Montreux, entdeckte dafür sein Sprachlehrer-Talent. Kecko mußte sagen lernen: »Obergeile Party. Ich komme aus Japan. Mein Name ist Kecko.

ABFAHRT.« Michi war Chief of Harmony, Departement gute Laune, coole Sprüche, wie immer. Ich einfach Notizbuch. Wir waren eine Supercrew.

Nach dem Essen sagte Tobi: »Ready?«

Sven: »Yea.«

Tobi: »Do you need anything else?«

Sven: »No no. Just music.«

*

Für Samstag war tagsüber eine Menge geplant.

Paar Stunden schlafen; zum Hochsommer-Feuerwerk fahren; vorher vielleicht noch irgendwas kaufen, Kaufhäuser anschauen; bißchen was essen; das richtige Interview machen; dann wieder feiern. Es wurde dann allerdings der gemütliche Tag der endlosen Bettentests und von Raver-Mikado: Wer sich als erster bewegt, hat verloren.

»Jetzt träumt was Süßes, gell, meine Lieben«, hatte Sven gesagt, kurz nach zwölf. Draußen tobte schon wieder der Mittag. Wir hatten uns eingemauert in unseren Zimmern, die dicken Vorhänge zugezogen. Um drei läutete das Telefon, Sophie war am Apparat. Wann wir jetzt genau heimkommen eigentlich. Waaas? Heimkommen? Ich kroch zurück ins Bett. Beim nächsten Mal war Tobi dran. Ja, wir schlafen noch alle.

Alex: »Hey! Was gehtn!«

»Ich glaube, ich schlafe noch ne Runde.«

»Wir wollten doch shoppen gehen.«

»Echt?«

Alex kam rüber, setzte sich zu Uli aufs Bett. Uli schleppte sich schlaff ins Bad und mümmelte vor sich hin: »Stimmt, shoppen gehen, obergeil.« Alex legte sich hin. Uli kam zurück: »Hey, rück mal bißchen, du Penner.« Dann legte er sich neben Alex hin.

ルへの通路
G
ミナルへの通路
P

Der Fernseher schrie plötzlich unverständliche Laute aus sich heraus. »Seid ihr wahnsinnig, ich muß noch schlafen.« Ohne die Augen aufzumachen ging Michi ins andere Zimmer und legte sich in Alex' leeres Bett. Es war schließlich der Schlaf nach Michis großer Raver-Nacht, mit legendärem Fächertanz nach Landessitte, in der Afterhour im ›Anarchic‹-Laden oben.

»Ich habe gehört, Michis Bett hat den besten Ausblick«, sagte Sven, legte sich da hin und lupfte den Vorhang. Draußen wurde es langsam endlich wieder Nacht.

Die Türglocke läutete. Tobi kam rein. »You are all still sleeping?!«

»No no no, just resting a little bit.«

Die Vorhänge wurden endgültig aufgemacht. Alle Lichter der Stadt unten waren jetzt hell angeknipst. Ein kleiner halber Mond funzelte auch noch seine Melodie dazu. Das Feuerwerk begann. Ferne Blasen bunter Explosionen blühten auf, verloschen.

Tobi schaltete die Fernsehprogramme durch. Das Gesicht einer bezaubert blickenden jungen Frau war zu sehen. Sie war eine von fünf Kommentatoren, die das live gesendete Feuerwerk beobachteten und beredeten. Man konnte das Schauspiel jetzt aus der Nähe sehen im Fernseher und gleichzeitig ganz weit weg in der Ferne in echt. Das gab einen tollen Effekt.

»Habt ihr gehört, das Feuerwerk haben sich fast eine Million Leute angeschaut live, unten am Fluß.« »Wahnsinn.« Dann kam ›Dark Angel‹. Kennt das wer?

Als wir eineinhalb Stunden später, um halb zwei, in der Tiefgarage die Türe aufstießen, schlug uns eine, für diese Nachtstunde wirklich absurd heiße Luft entgegen. Sagte einer dieser wunderbaren Zeit- und Rauschgenossen: »Jetzt geben wir uns mal paar schöne Bier und dann drehen wir heute mal richtig durch, he he he.«

Der letzte Tag. »Das ist doch kein Problem. Wir stehen auf um vier, und dann ziehen wir das durch in aller Ruhe«, sagte Sven um zwei.

»Wollen wir mal angreifen?« Michi war belustigt. Ich hatte verschlafen. Es war sechs Uhr. Sven stand, kaum geweckt, schon da in seinen frischen Kleidern, ganz der selbstverständlich wohlgelaunte Profi: »Herrschaften! Auf jetzt!«

Während des Gesprächs schaute Sven mit weiten ruhigen Augen halbhoch in die Ferne. Dort schien er die Geschichten zu sehen. Wenn er etwas bekräftigte, wendete sich dieser Blick so heftig einem zu, daß man fast unweigerlich die Lider senkte. Das war eine Sache von Nähe und Scham. Sven spielte damit. Selbst im Reden noch war er Tänzer.

## IV

Wie ist es hier?

Sven: »Man hat ja so seine Vorstellungen, wenn du an Tokio denkst, Filme wie ›Blade Runner‹, oder ›Black Rain‹. Aber ich war überrascht, wie wir in die Stadt gefahren sind. Wie das alles hier in sich abläuft, alles funktioniert, alles seine Ordnung hat und trotzdem wirst Du an jeder Ecke mit High-Tec total konfrontiert. Ich war überrascht auch über die Japaner selbst. Die sind sehr sympathisch. Das ist mir erst hier aufgefallen.«

Letzte Woche warst du in England.

Sven: »Mittwoch bin ich nach London geflogen, Donnerstag wurden da 12 Stunden Fotos gemacht, Interviews, für das BBC-Worldradio, dann für paar Fanzines. Freitag morgen bin ich zurückgeflogen, dann war ich

Platten kaufen. Donnerstag habe ich auch noch schnell Platten gekauft in England. Freitag war ich also im ›Delirium‹ Platten kaufen. Dann habe ich im ›Omen‹ noch die Anlage gecheckt und das Ganze vorbereitet halt. Dann bin ich zum Matthias essen gegangen und dann ins ›Omen‹ gefahren.«

Deine Freitage im ›Omen‹.

Sven: »Du brauchst deine eigene Spielwiese. Für mich war das ›Omen‹ auch immer, ist immer noch: mein Wohnzimmer, wie auch meine Spielwiese irgendwie; wo ich mich musikalisch austobe, experimentiere und mich einfach auch gehen lassen kann. Und ich glaube dieses Gefühl, wer das ›Omen‹ kennt, empfindet das gleiche: daß das ein Laden ist, wo du eigentlich machen kannst, was du willst.«

Also es wurde Samstag. Dann war die hr-3-Clubnight.

Sven: »Genau. Danach habe ich den vors ›Omen‹ bestellten Kids gesagt: hier, wir fahren da und da hin, Kiesgrube, laber, laber. Und das haben wir dann gemacht. Ich habe allen noch gesagt, ihr müßt eure Getränke selber mitbringen. Wir haben nur eine Anlage aufgestellt und haben dekoriert. Und dann haben wir losgelegt da. Das war natürlich für die Kids was ganz Neues: offener Himmel, Vollmond, am See, geiler Mond, die Musik in Verbindung mit der Natur und so. Da ging es richtig ab. Ich mußte dann um 9 Uhr Feierabend machen, weil die Sonne mir so auf den Kopf geballert hat.

Das ging dann bis Sonntagmorgen?

Sven: »Und irgendwann saß ich mit dem Pauli total betrunken auf dem Dach, so ein Ziegeldach, über den Dächern von Offenbach. Wir sind uns im Arm gelegen und haben uns alte Stories erzählt. Wie die Karlsons vom Dach saßen wir da oben. Und ich bin dann aufgewacht, Montag mittag bei einem Freund von mir in der Wohnung, beim Mike. Mußte dann aber gleich wieder mein

Zeug zusammenpacken, ins Studio fahren, mir den neuen Mix nochmal anhören. Dann habe ich meine Platten gepackt, bin zum Flughafen gefahren und nach Nürnberg geflogen.«

Montagabend?

Sven: »Da habe ich aufgelegt in einem Schwimmbad. Das war der Wahnsinn. Das wird jetzt geschlossen, ist verkauft, alles Jugendstil, Stadtbad, in der Mitte von Nürnberg, ein riesig großes Schwimmbad, wahnsinnig schön. Da waren dann auch fast 2500 Leute an einem Montag, und da waren noch gar keine Ferien. Und dann habe ich es denen auch noch mal besorgt bis um 6 Uhr. Halb 7 habe ich Feierabend gemacht. Dann bin ich ins Bett. Dann bin ich wieder zurückgeflogen. Jetzt reden wir dann schon von Dienstag. Ja und dann habe ich noch meine restlichen Sachen erledigt und mich dann auf den Tokioflug vorbereitet und Mittwochmorgen, nee, mittwochnachmittags dann losgeflogen.«

Geile Woche.

Sven: »Ja, das geht immer so! Jetzt bin ich in Japan bis Donnerstag, und Freitag wieder im ›Omen‹. Samstag in Munchen. Montag in Amsterdam. Und die Woche drauf dann in Italien, drei Tage, in Riccione. Die haben da eine riesengroße Glaspyramide, die sich dann öffnet in der Nacht. Supergeiler Club, da war ich schon mal letztes Jahr.«

Und danach Australien.

Sven: »Ja, vorher nochmal England, in Leeds. Und in Schottland auch nochmal vorher. Dann nochmal in Holland. Eine Australientour, das mache ich jetzt das erste Mal, Melbourne, Sidney und Adeelake. Für mich ist so irgendwie ein Traum wahrgeworden, für mich als Kind schon, ich hatte immer ein Fernweh irgendwie. Ich habe Sehnsucht gehabt nach was, was ich gar nicht genau definieren konnte. Einfach, ich wollte einfach nur weg.«

CARPENTERS
LOCAL 1027
CHICAGO, IL.
MACKIE.

Was warst Du denn für ein Kind?

Sven: »Ein Bandenchef. Ganz Klar. Na logo! Ich habe meine Baumhäuser unter Kontrolle gehabt, meine ganze Gang. Ab und zu gabs auch mal auf die Freß. Aber ich war eigentlich immer im Wald. Ich habe meine ersten 15 Jahre meines Lebens nur im Wald verbracht. Und als Bandenchef. Klassensprecher und Fußball-Spielführer. Kasper. Ja. Gestörte Mopeds. Die kamen so mit 14, 15, Mopedfahren und so.«

Eine glückliche Kindheit?

Sven: »Ja, absolut. Absolut. Mit 15 bin ich dann nach Wiesbaden gezogen. Da wo ich meine Lehrstelle hatte. Und das war für mich auch der erste Schritt in einer Stadt zu leben. Da war ich mit so Dingen konfrontiert wie: Sieh dich doch mal um, was tragen die für Klamotten? Was ist hier angesagt? Wo geht man hin? Was macht man? Da gibt es soviele Sachen, auf die du auch irgendwie Lust kriegst. Natürlich viele materielle Dinge auch.«

Hattest du als Jugendlicher auch Ältere als Vorbilder?

Sven: »Ich habe eigentlich immer nur ältere Freunde gehabt. Ich war immer nur mit älteren zusammen gewesen. War so das Kid. Ich war ja auch damals verrückt gekleidet gewesen. New Romantic: Duran Duran, Spandau Ballet, Visage, wie sie alle hießen, diese Gruppen da. Ich bin auch dementsprechend rumgelaufen. Immer geschminkt, Rüschenhemdchen, Strumpfhosen, Schnabelschuh. Ich habe ausgesehen wie so ein Harlekin. Und man hat sich eben immer gefreut, wenn ich da war. Weil immer positive Stimmung war.«

Wird es denn manchmal irgendwie zuviel?

Sven: »Nee, gar nicht. Eigentlich nie. Ich bin so ein Typ, ich bin richtig gut, wenn ich im Streß bin. Ich brauche den Streß. Das powert mich auch wieder an. Und ich habe schon eine gute Portion Selbstvertrauen. Ich weiß, daß ich sofort auf dem Punkt sein kann. Das ist Show

Business. Kamera läuft. Alles klar. Ab geht er.«

Und die Termine, Verpflichtungen?

Sven: »Es ist manchmal viel. Jetzt gerade ist auch so ein Zeitpunkt wieder: Das Album ist fertig, und es steht viel Promotionarbeit an, Presse und laber laber, ohne Ende. Und jeder will was von mir. Was da täglich für Anrufe kommen von überall, und und und. Es ist natürlich für mich auch wieder eine Bestätigung: Es läuft. Es ist richtig, was du tust. Mach weiter! Gib Gas! Du bist auf dem richtigen Weg.«

*

Und deine eigene Arbeit?

Sven: »Bei meiner Musik, die ich jetzt mache als DJ, ich rede jetzt auch von der Musik, die ich produziere, sehe ich, daß man den Kreis noch viel größer machen kann. Daß ich noch viel mehr Sachen involvieren kann: Aktionstheater, Künstler, Darsteller, Jongleure, eine Art futuristischer Zirkus mit Musik. Das würde für mich natürlich auch heißen: ausklinken erstmal aus meiner Arbeit, als DJ. Aber ich bin jetzt noch zu intensiv in meiner Sache drin. Ich bin zwar mit meinen Gedanken schon am nächsten Schritt. Nur kann ich den Zeitpunkt jetzt nicht bestimmen. Ich kann jetzt nicht sagen, ok, das müssen wir jetzt morgen machen. Das ist auch so eine Gefühlssache, wo ich sage: Okay, jetzt ist die Zeit dafür gekommen. Wo ich merke, alles klar, it's time!«

Deine neue Platte heißt: ›The Harlequin, the Robot and the Ballet-Dancer‹. Was ist denn die Idee dieses Intros am Anfang?

Sven: »Wenn ich das Intro sehe: ich komme eigentlich aus dem Nichts, da geht ein Reißverschluß auf im Weltall, und ich guck vom Weltall aus die Erde an, als Betrachter, als nur Geist. Du weißt ja, jeder Planet hat einen eigenen Ton. Und wir haben extra den Erdton druntergеsetzt. Weil du guckst auf die Erde und du hörst genau den Erdton, die Schwingungen. Und dann kommt auf einmal das Herzklopfen, kommt ein Herzschlag. Quasi meine Entstehung. Und dann kommt was, wie in Blasen: da steht auf einmal der Harlekin kurz im Raum, das schwindet wieder. Dann kommt der Robot kurz, und der Ballet-Dancer. Dann dieses Lachen.«

Fast alles ohne Worte.

Sven: »Genau, das ist ja alles rein instrumental. Da fällt ja schon mal ein Ding raus: keine Worte, keine Sprache. Es ist für jeden zugänglich, aus Japan, aus Afrika, egal wo. Wenn er das hört, fühlt er was: wow. Da ist Stimmung in dieser Musik. Ich liebe diesen freien Lauf der Phantasie. Da ist die Instrumentalmusik das schönste, was es gibt. Das war doch damals bei der Klassik genauso. Da spricht die Musik für sich selbst.«

Wo kommt die Grundenergie her?

Sven: »Also ich glaube, das ist die Liebe. Das ist die Liebe zu der Sache, auch die Liebe zu mir selbst, zu dem, was ich tue. Die schenkt mir am meisten Kraft. Viele Leute fragen: Wie machst du das? Wie kannst du das? Verdammt noch mal, ich liebe es einfach, was ich tue. Und da schöpfe ich meine Kraft daraus, und die Energie.«

Ist das eine Art Programm, so zu sein?

Sven: »Eigentlich nicht. Aber wenn du mal selbst unterwegs bist, zum Beispiel in Indien, und du weißt, daß du da auch nicht viel ändern kannst. Du mußt das einfach so hinnehmen, so wie es ist. Und so ist es nun mal. Dann mußt du da irgendwie einen Weg finden, mit den Leuten umzugehen, oder wie du das handelst mit dir selbst und mit deiner Moral. Wenn die Leute da vorbeigehen, guckst du ihnen in die Augen, dann weißt du was. Du schenkst ihnen ein Brot, oder gibst denen ein bißchen Obst, oder was auch immer.«

0047
0048
0049
0050

Verstehe.

Sven: »Das ist es ja auch, was ich mit meiner Musik eigentlich bewirke: den Leuten eine gute Zeit zu geben. Dafür bin ich da. Das ist meine Aufgabe in meinem Leben. Leuten irgendwie mal so kurz den Schleier wegzunehmen. Zeig dich doch mal!«

## V

Es gibt ja keinen, der Sven nicht kennt.

Ob das der Zollfahnder am Münchner Flugplatz ist, der nach akribischer Durchwühlerei unserer Taschen freundlich meinte: »Seids rechte Sven-Pfäth-Fans?« Oder der Herbergsvater meiner Frankfurter Wochen in diesem Frühjahr: »Der ist ja ein schwieriger Charakter, mal so, mal so. Ich kenne den ja noch von ganz früher, Michael Münzing und so.«

Sven wird vorallem gerne ›von ganz früher‹ gekannt, aus den Zeiten vor dem großen Rummel, dem Ruhm, dem Star-Status. Erzählt einem dann jeder eine kleine Geschichte. Die wäre eigentlich meist komplett belanglos, wenn sie nicht eines belegen würde: jeder, der Sven mal gesehen oder mit ihm paar Worte gewechselt hat, glaubt ihn zu kennen. Und daran ist wirklich was dran.

Man sieht ihn – und versteht sofort was.

Man weiß nur nicht was. Das ist Teil seines Geheimnisses, des von innen her Bezaubernden und Fesselnden, der ihm in die Wiege gelegten Magie.

*

Vielleicht wäre ja jeder so. Es ist Svens Kunst, wie er dieses Kapital lebt und Musik werden läßt.

Die Zusammenarbeit mit Ralf Hildenbeutel, seinem Partner der letzten drei Alben, ist da der große Glücksfall. Sven bringt Pläne, Vorlieben, Feelings, Strukturphantasien, Gerüste und Visionen an; und Ralf versteht ihn: drückt die richtigen Knöpfe, schraubt rum, klickt an und aus und schiebt und verschiebt die Regler. Er spielt die Maschinen und prüft immer wieder jedes Detail in jeder Facette und erhört dauernd neu zugleich das Ganze, bis alles haargenau stimmt. Wenn Sven dann zustimmt, springt er herum und tanzt sich, der Musik und Ralf die neue gemeinsam gemachte Musik sofort selber vor.

Alles das ist eine Sache des Hörens und Lauschens, des wieder und wieder in die Tiefen der Tracks sich horchend Vertiefens: um einzelne Stimmen zu unterscheiden in ihrem Sound, allein, in der Reibung mit einer der anderen oder allen; um Rhythmen zu erkennen, exakt und distinkt, in der vielzählig pickend, donnernd, scheppernd und rasend komplexen Mechanik ihrer Motorik; um die Tragweite einfacher Melodien zu ahnen, in Abgrenzung gegen Elefantenhaut-Penetranz und Banalität, um also die Wahrheit simpler großer Themen aus fünf oder sieben Tönen zu verstehen. Und es ist dabei ein ununterbrochener Vorgang von Versuchen; von Probieren, Verwerfen, Entscheiden und nochmal Entscheiden: so, genau so. Ein absolut geistiger Akt.

Diese Sache des Gehörs gehört ganz dem Gehirn. Das ist der größte Fortschritt von Techno gegenüber der alten, mit kunstfertigen Händen hergestellten Musik. Das ist das Herrliche dieser neuen Musik und ihre Gefahr. Wie überall im Reich des vollkommen Abstrakten lauern Ideen, Konzepte, Starrsinn, Ideologie. Doch wird diese rein geistig gemachte Musik ja hergestellt nur für den Körper: den Körper des Tänzers, Ravers, und nicht eines

Einzelnen, sondern für den Körper im Kollektiv, für die Party aller mit allen.

Wenn alles das zusammen stimmt, ist Techno Musik tragisch: die Stimme des Lebens der Menschen in dieser Welt.

*

Das Ohr, das lehren die Blinden, ist das Organ des Vertrauens, des Nickens, der Güte und Melancholie.

Irgendwann hieß es doch Abschiednehmen, immer wieder: von einer Nummer, einem Beat, einem Sound, einer Melodie; von einer Party, einem Rausch, einer Stimmung; von den Menschen, mit denen man die Nacht und die Feierei geteilt hatte, und die Afterhour nach der Afterhour. Das war eigentlich immer traurig. Irgendwann war es doch Zeit.

Die in den letzten Jahren um Techno herum entstandenen Formen des Feierns haben das Glück nahe ans Maß des Unendlichen getrieben, für sehr viele. Viele von denen, die sich nachts ein Leben geben, das früher Weisen und Göttern vorbehalten war, sind am nächsten Tag, natürlich kaputt, komplett fertig, zitternd und fahl, aber eben doch irgendwie in einer Arbeit des Tages am Start. Diese Praxis von Exzeß und Erschöpfung und doch Funktionieren macht kaum Aufhebens von sich selbst, so sehr ist sie Normalität. Irgendwann, weiß jeder, kommt das nächste Fest, ein nächster Morgen, wo man wieder da sitzen wird, total hinüber, druff und durch den Wind. Und ich bin dabei.

Dieser Sommer war noch lange nicht zu Ende.

*

Ekstase der Nüchternheit: Text – immer wieder – geschenkt.

Uli plötzlich: »Textstillstand.«

Ich: »Echt?«

Halt. Moment.

*

Sven lehnte seinen Oberkörper aus dem Fenster des fahrenden Wagens, wippte im Takt seiner eigenen Musik. Tobi spielte ›Harlequin plays bells‹. Wir waren unterwegs ins ›Maniac Love‹. So ein Leben: sanfte Luft, weite Straßen, schöne hohe Häuser, mildes Licht vor Morgengrau, supergute Laune alle: the future of mankind: kind, ganz klar.

»Nimm den Fuß mit, Sven.«

»Your last words before you explode ... «

Der Wagen hielt, stand still.

»It's so quiet here.«

»Yea, nice.«

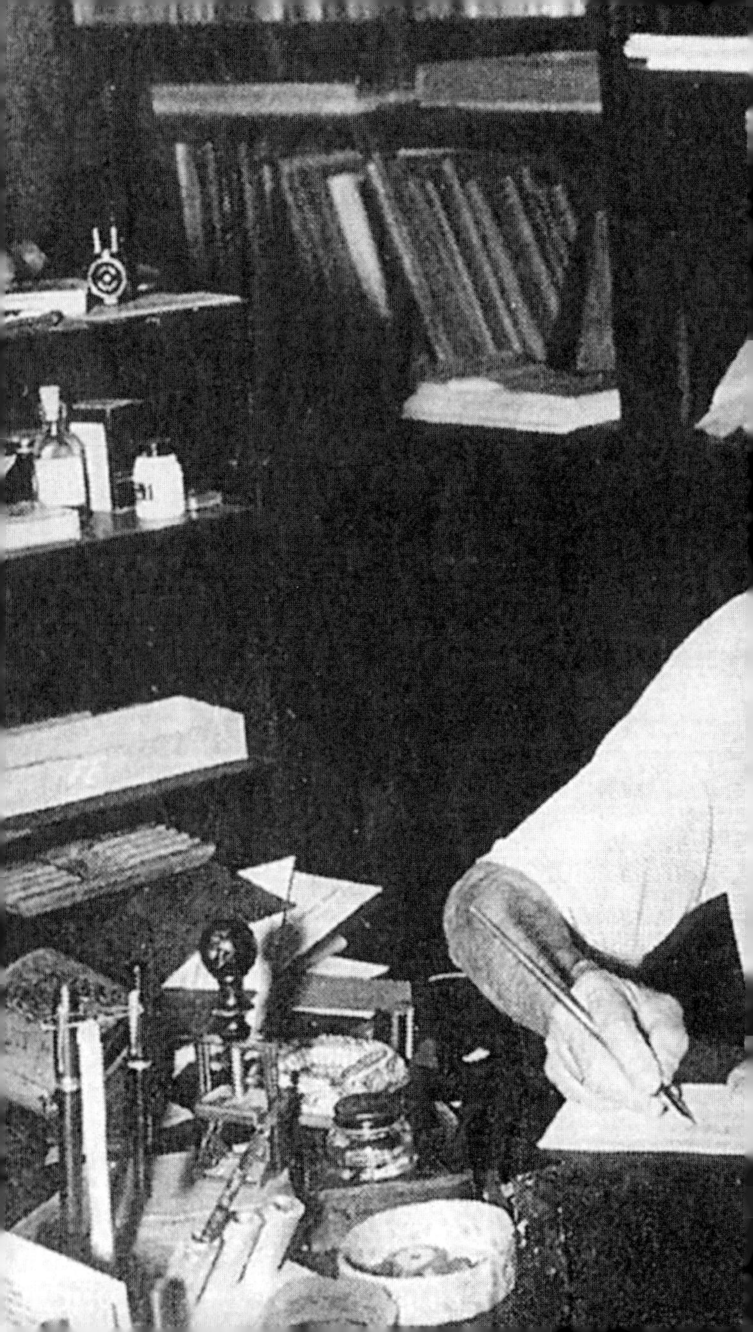

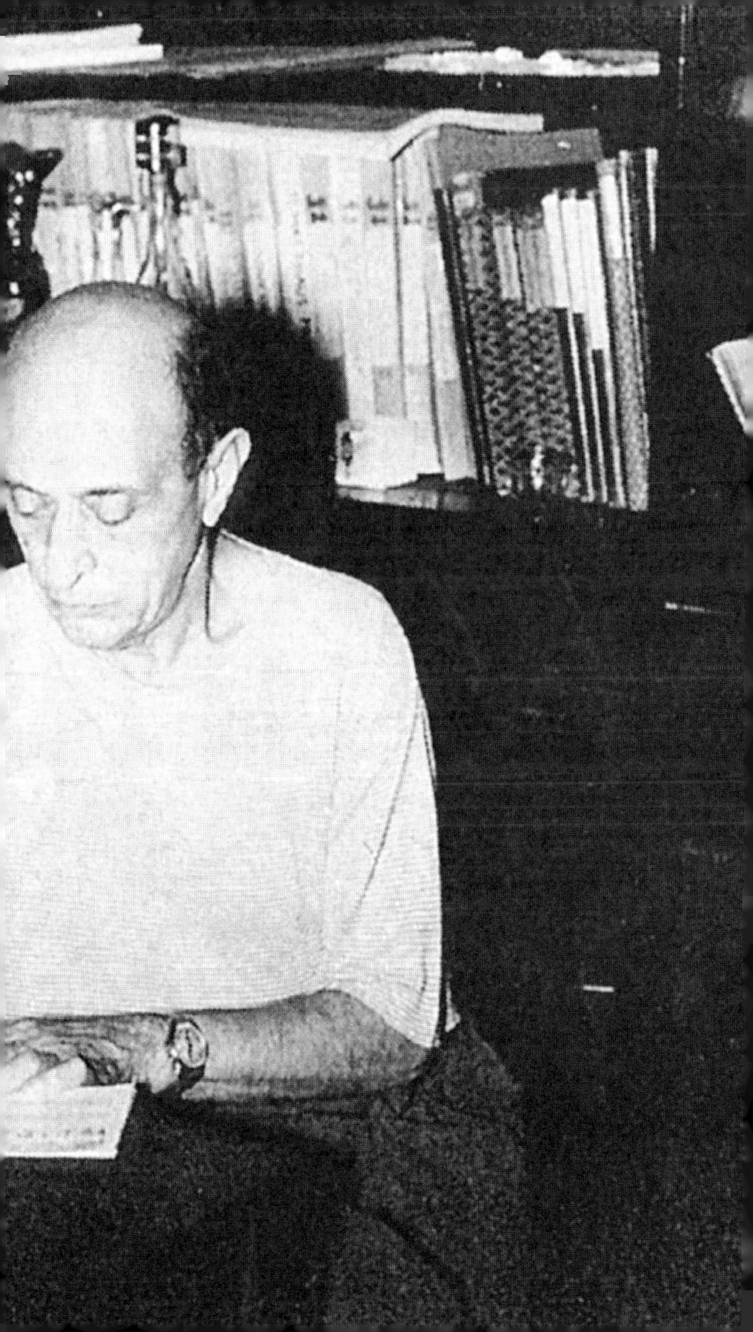

chesten: die winzigste, aber dieses Wort enthält nicht den einschmeichelnden Klang von *slight*) Abreibung an der oberen Ecke des Heftrückens und „very slight" (na, das klingt schon schlechter) Haarrisse, nein: nur „hair-line points" (ungefähr: allerfeinste Punkte); das ganze Heft ist „so nahe am perfekten Zustand wie eben möglich". Zwölf- bis achtzehntausend Dollar sollten Interessenten dafür nicht zuviel sein. Bloß anfassen ist nicht. Nur ausgewählte Bieter, „who are serious" (und das muß man jetzt wohl eher mit „die würdig sind" übersetzen), ein *high grade*-Heft zu besitzen, werden bis zum Festungssystem vorgelassen, das den Comic birgt. Dann wird Spiderman kurz aus seinem Tresor befreit, natürlich nicht von seinem zukünftigen Besitzer, sondern von einem speziellen Mitarbeiter, der diese Besichtigung organisiert. Er blättert dann die Seiten so vorsichtig um, daß der im Katalog dokumentierte Erhaltungszustand gewahrt bleibt. Das ist bereits ein schmerzlicher Kompromiß: denn im Idealfall werden solche Hefte gar nicht berührt, geschweige denn gelesen. Wir werden es noch erleben, daß nicht mehr die Comics selbst, sondern lediglich Besitzrechte an ihnen versteigert werden, Optionen auf die Freude, ein so perfektes Exemplar mit den geliebten Abenteuern der „Fantastischen Vier", von Superman, Batman oder Spiderman zu lesen, wie man es früher einmal am Kiosk hätte kaufen können. Diese Freude möge man sich aber um Himmels willen nie erfüllen, und deshalb wird das beste Festungssystem eines sein, das sich gar nicht öffnen läßt. apl

## sammen

### ier: Das Carré Rive Gauche in Paris

dessen eine überdimensionale Teekanne mit zwei entsprechenden Tassen aus, die Ende des 19. Jahrhunderts beim bayerischen Fabrikanten Heinrich entstanden sind und vermutlich zur Werbung für ein Teegeschäft dienten (28 000 Franc). Nach dem Vorbild der Vogelkäfige des chinesischen Kaisers Kien-long baute man im Europa des 18. Jahrhunderts eine Kombination aus Käfig und Aquarium, die dem Vogel die Beobachtung der Fische ermöglicht: bei Sylvain Lévy-Alban für 160 000 Franc.

Prunkstück der Galerie Chevalier ist ein barocker Wandteppich aus einer Pariser Werkstatt um 1640, der „Venus und Psyche" nach einem Entwurf von Simon Vouet auf vier mal vier Metern zeigt (800 000 Franc). Auch außerhalb des Mottos bietet das Carré Rive Gauche Kostbares und Ausgefallenes an, wie das Paar Terrakotta-Gartenschemel im berühmten „Rothschild-Stil", die mit Moos bewachsen sind und bei Nicole Mugler 120 000 Franc kosten. Aus Terrakotta sind auch die Figuren zweier Kinder in Kostümen der Zeit Ludwigs XIII. – sie tragen Federhüte und Spitzenkragen à la d'Artagnan –, die Jeannine de Brito für 40 000 Franc anbietet. Zwei ganz mit Perlmutt furnierte Gueridons der Epoche Charles X. zieren das Fenster der Galerie Camoin; der kleine Gueridon ist mit einem eingelegten Schachbrett versehen (35 000 Franc), das größere Exemplar ist eleganter gearbeitet und entsprechend teurer (280 000 Franc). Aus der Zeit des Bürgerkönigs Louis-Philippe stammen zwei imposante, fast meterhohe Kandelaber aus vergoldeter und versilberter Bronze in Gestalt fein ziselierter Figurenpyramiden, für die Revillon d'Apreval einen Preis von 300 000 Franc nennt. Große Seltenheit – weltweit sind nur sieben Exemplare bekannt – zeichnet das gläserne Medaillon mit dem Profil des Sonnenkönigs aus, ein Werk des königlichen Glasmeisters Bernard Perrot, der um 1680 in Orléans tätig war. Die genaue Funktion und die Umstände der Entstehung dieses Medaillons, das Dragesco-Cramoisan mit 950 000 Franc beziffert, sind bislang unbekannt.

Bei Yves Cherest ist unterdessen eine Auswahl der extravaganten Entwürfe des Architekten und Bildhauers Maurice Maignan (1872–1946) zu sehen. Die Gips- und Wachsmodelle (je nach Größe zwischen 12 000 und 40 000 Franc) sowie die Zeichnungen stammen aus dem Fundus seines Ateliers. Die bizarren Entwürfe für einen „Festpalast" oder einen „Turm des Fortschritts" im Auftrag der Stadt Paris sind jedoch nie verwirklicht worden, da der Architekt jegliche Konzession ablehnte. Zwei vom vielen Berühren blank polierte Pfirsichkerne aus China sollen der Erhaltung der Geschmeidigkeit der Finger und damit des Tastsinns dienen. Sie sind leider unverkäuflich, doch zum Trost bietet die Galerie „La Chine des T'Sing" Kugelpaare aus rosa Quarz, Schlangenstein und Metall an. Der Preis für die Hoffnung auf ein langes Leben, welches das Spiel mit den Kugeln in Aussicht stellt, liegt bei 200 Franc. ANGELIKA HEINICK

Bis 8. Juni. Täglich von 11 bis 22 Uhr geöffnet, am Sonntag von 11 bis 20 Uhr.

Foto K

## Die Malerei schläft sanft, der Markt wacht väterlich: Alte Meister in New York

Alles ist da. Nichts fehlt. Die Geburt Christi und die Götter der Antike, der Himmelsglobus und das Blumenstilleben, die prächtige Galerie und der Blick in den *hortus conclusus*. Ein Tempel der Weisheit und der Künste. Und im Schoß ihres alten Vaters, wahrscheinlich einer bärtigen Allegorie der Zeichnung, schlummert die Malerei einen seligen Schlaf. Nicht alle der großformatigen Galerie-Interieurs, die im Antwerpen des 17. Jahrhunderts entstanden sind, können einem Künstler zugeordnet werden. Doch das muß dem Preis keinen Abbruch tun. Unsere Abbildung, eine bis dato unpublizierte, 56,5 mal 82,2 Zentimeter große Darstellung auf Metall – sie stammt aus der Thomas Mellon Evans Collection –, war bei Christie's in New York auf 250 000 bis 350 000 Dollar geschätzt. Da auf dem zentralen Tischchen in der Mitte ein Buch liegt, das im Jahr 1627 in Prag erschienen ist, kann das Werk nicht vorher entstanden sein; die wissenschaftlichen Instrumente jedoch sind älteren Datums. Händler, Sammler und Museen stritten lange und erbittert um das recht kleine Gemälde, bis es bei 1,8 Millionen Dollar zugeschlagen wurde. Damit avancierte es überraschend zum teuersten Bild der Auktion. Gemeinsam mit fünfzig weiteren niederländischen und flämischen Werken kam so für die Kollektion von Thomas Mellon Evans eine Gesamtsumme von knapp zehn Millionen Dollar zusammen. Das war die Hälfte des Erlöses der gesamten Altmeisterauktion, die deshalb von Christie's als erfolgreichste New Yorker Frühjahrsauktion für Alte Kunst seit 1989 bezeichnet wurde. Man erzielte diesmal Auktionsrekorde für Werke von Jacob van Walscapelle, Philips Wouwerman, Adriaen Isenbrandt und Herman Saftleven. Auch die Bilder des nordischen 17. Jahrhunderts, bis vor kurzem die große Domäne der englischen Sammler und des englischen Marktes, scheinen sich als mer mehr in Richtung New York zu c tieren. Allerdings erzielten mit Tiepol Canaletto auch zwei italienische Lieb des Marktes hohe Preise: Eine auf ei 1,5 Millionen geschätzte Ansicht des C Grande in Venedig von der Hand Ca tos blieb mit einer Million Dollar im men der Schätzung, während ihn der Tiepolos sprengte: Geschätzt auf 25 bis 350 000 Dollar, ging er für 620 000 lar an einen neuen Besitzer. Ebenfalls Liste der zehn teuersten: ein Boucher ein Rubens. Also gilt auch hier: Alles Nichts fehlt. F.A.Z./Foto K

## Wenn die Zeitgenossen kommen, werden die Kenner sehr wach

### Ziemlich märchenhafte Preise für die Recken Richter, Polke, Kawara und Freunde: Christie's im Glück mit der Herbig-Sammlung

NEW YORK, im Juni

Am Ende der Abendauktion mit 56 Objekten an zeitgenössischer Kunst gab es Applaus bei Christie's in New York, aber auch Unverständnis und bissige Bemerkungen. Christoph Burge, der Auktionator, war für sein Teil selbst überrascht: „Dies war die erste Auktion in meiner langen Karriere auf dem Pult, in der alles verkauft wurde." Bei dreizehn Stücken lagen die Preise zudem über der oberen Schätzung. Und selbst Freunde minimalistischer Kunst wunderten sich über so manchen der Zuschläge: Drei Sätze auf weißem Karton – eine zumindest dem Laien unverständliche Antwort auf die Frage „What is Painting" –, 1968 von dem Amerikaner John Baldessari geschrieben, wurden für 210 000 Dollar einem Bieter im Saal zugeschlagen. Die Taxe hatte bei 80 000 bis 100 000 gelegen. Ein T-förmiges Gebilde auf Leinwand des leider so früh verstorbenen Blinky Palermo – es stammt aus der Sammlung von Jost und Barbara Herbig – stieg von geschätzten 80 000 bis 120 000 Dollar auf 420 000 Dollar. Den wohlklingenden Namen des amerikanischen Gangsters hatte sich Peter Heisterkamp – alias Blinky Palermo – auf Rat von Joseph Beuys schon 1961 zugelegt, bevor er 1973 nach New York zog.

Kern der Auktion waren dreißig Stücke aus der Sammlung von Jost und Barbara Herbig, die Barbara Herbig im Frühjahr verkauft hatte. Christie's soll für die gesamte Sammlung mit über hundert Objekten zwölf Millionen Dollar gezahlt haben (F.A.Z. vom 21. März). Das Auktionshaus stellte die Kollektion zu Anfang des Jahres in New York, London und Chicago aus, begleitet von einem aufwendigen Katalog, und ließ damals offen, ob und wann die Sammlung versteigert würde. Jetzt brachten die allein die ersten dreißig Werke, von denen die Versteigerung eröffnet wurde, 11,3 Millionen Dollar. Teuerstes Los wurde ein „Seestück", das Gerhard Richter 1969 malte, eine romantische Meeresansicht mit Wolken, durch die die Sonne bricht. Ein kalifornischer Sammler bezahlte mit 2,3 Millionen Dollar, etwa 4,1 Millionen Mark, den bisher höchsten Preis für ein Bild von Richter. Damit wurde der 1995 bei Sotheby's ebenfalls in New York bezahlte Preis von 875 000 Dollar für das Bild einer Scheune mit rotem Dach um mehr als das Doppelte übertroffen. Unter den weiteren Bildern von Richter blieb ein monochromes „Wiesenfeld" von 1965 mit 500 000 Dollar im Rahmen der Schätzung.

Einen Rekordpreis erreichten auch Sigmar Polkes „Lösungen I-IV" von 1967. Vier weiße Leinwände mit jeweils neun Zahlenreihen, Additionen, Subtraktionen, Multiplikationen und Divisionen mit falschen Lösungen, brachten 800 000 Do richtig umgerechnet gut 1,4 Milli Mark. Sein „Menschenkreis (Fotokrei 44 Schwarzweißfotos im Kreis angeo und durch Bindfäden mit dem Zen verbunden, wurden bei 260 000 Dolla geschlagen. Von Georg Baselitz gab e Bilder mit Adlern, „Fingermalerei I aus den Jahren 1971/72, die getrennt a rufen wurden; Nr. I, ein Adler mit a breiteten Flügeln, stieg auf 750 000 D bei Nr. II und III ließ das Interesse nach, aber es reichte immer noch zu h 400 000 und 350 000 Dollar. Ein „Fert tonwerk" von Baselitz, nach bewä Manier auf den Kopf gestellt, gehört 260 000 Dollar zu den wenigen Losen deutlich unter der Schätzung blieben.

Auch die Lose, die nicht von Herbi men, reüssierten: Jean Michel Basquia puertoricanischer Mutter und brasil schem Vater gehörte zum späten Kreis Andy Warhol, mit dem er 1981/85 Reihe von Bildern gemeinsam malte. Z nen gehörte „Untitled", eine Kompos von verschiedenen Themen mit einem tenkopf und Hammer schwingenden men vor dem blauen Logo von Ge Electric. Das Werk brachte – ebenso eine riesige Leinwand mit einer schwa Figur auf einem Fahrrad, von Basquia lein gemalt – 380 000 Dollar. Noch gr war mit fast vier mal vier Metern eine senning mit Männchen in Schwarz Gelb auf rotem Grund von Keith Ha 95 000 Dollar war ein angemessener für diese heitere Wanddekoration.

Wieder von Herbig: Carl André s 1967 in Düsseldorf „4 x 25 Altstadt R angle", ein 12,5 Meter langes Rechteck Stahlplatten, das mit 300 000 Dollar zahlt wurde. Erstaunlicher war der Rek preis von 520 000 Dollar für „May 1-7 day Series No. 23 – 29 (Lot 4)" von Japaner On Kawara, kleine Bilder mit Daten der Tage, an denen sie gemalt den. Kawara packte sie in Kartons mi nem Titelblatt der Zeitung des Ortes, dem sie gemalt wurden. Jost Herbig h Kawara finanziell unterstützt; als Dank ihm Kawara den ersten Zugriff auf Reihe seiner Werke an, aus dem die S stammt. Jetzt kaufte sie ein Asiate.

Donald Judd und Bruce Nauman s regelmäßig auf den Auktionen zeitgen scher Kunst vertreten. Ein „Concrete Recorder Piece", ein Tonbandgerät, Bruce Nauman 1968 in Zement ein stieg mit 260 000 Dollar über die Sc zung. Der Käufer erwarb auch die Ze nung dazu in schwarzer Tinte für 42 Dollar. „Untitled" aus dem Jahr 1989, Kästen in gelb bemaltem Stahl von J wurde ebenfalls mit 260 000 Dollar bez „The Nominal Three (to William of C ham)", eine Reihe von Leuchtröhren, Dan Flavin schon 1963 schuf, erreichte 300 000 Dollar das Doppelte der Sc zung. Und das Gesamtergebnis von Millionen Dollar überstieg deutlich die wartungen. JULIANE STEPH

*Kein Tag wie jeder andere: einer aus On Kawaras „,Today'-Series Nos. 23 – 29", die dem 1. bis 7. Mai 1971 gilt. (Denn den 7. Mai gibt's doppelt.) Das sind acht der berühmten Datumsbilder, begleitet von acht Pappschachteln mit Ausschnitten aus der „New York Times". Soviel zu Kunst geronnene Zeit aus der Herbig-Sammlung war auf 200 000 bis 300 000 Dollar taxiert. Ein asiatischer Käufer zahlte die Rekordsumme von 520 000 Dollar, gut 925 000 Mark, dafür. Erbauliche Kontemplation möge ihm beschieden sein.* Foto Katalog

„Augsburg Collection Alfred Greisinger" am Freitag abend. Greisinger, Augsburger Konditormeister, sammelte kenntnisreich und originell seit den frühen siebziger Jahren zeitgenössische Kunst, stets mit besonderem Augenmerk nicht nur auf das modisch Gängige, sondern auf das, was vom Betrachter Bereitschaft für geistige Auseinandersetzung forderte. Schwerpunkt seiner nun zum Aufruf kommenden Sammlung, die zur Zeit an der Hamburger Museumsmeile ausgestellt wird, sind Joseph Beuys – sein Filzhut mit Schwefelplatte von 1963 ist auf 300 000 Mark geschätzt – und dessen Schüler Felix Droese, Imi Knoebel und Michael von Biel. Den Katalogeinband ziert Elaine Sturtevants „Duchamp Fountain", ein bereits mehrfach international ausgestelltes, mit „R.Mutt/1917" datiertes Urinoir, für das 40 000 Mark erwartet werden. Donald Judds fast zwei Meter breite unbetitelte Wandplastik aus achtzehn verschraubten Metallkassetten von 1988 soll 50 000 Mark einspielen, der gleiche Schätzpreis gilt für Mike Kelleys fröhlich bunte Filzcollage „Cocks and Balls" von 1988.

Die wohlbesetzte Auktion der Klassischen Moderne (13. Juni) wartet mit einer Folge von Barlach-Plastiken auf. Bei einer getönten Gipsausformung der „Russischen Bettlerin" von 1907 handelt es sich vermutlich um eine lange verschollene und nie in Bronze gegossene Vorlage, die auf 35 000 Mark geschätzt ist. Für eine schön patinierte Bronze des „Flüchtlings" von 1920 werden 80 000 Mark erwartet, für die wohl nur in vier Exemplaren existierende Bronzeausformung eines Vorentwurfs für den schwebenden Güstrower Engel 90 000 Mark. Für eine Mappe mit zehn außergewöhnlichen radierten Katzenporträts von Tsuguhara Foujita, 1929 entstanden, werden stattliche 250 000 Mark erwartet. Vermutlich aus dem ersten in Murnau verbrachten Sommer stammt Jawlenskys farbintensive „Landschaft mit Pfahl" aus der Sammlung Gerda Schuler, die auf 125 000 Mark gesetzt ist. Von ungewöhnlicher Frontalität ist Georg Kolbes Bronze einer 1912 entworfenen, 1919 überarbeiteten weiblichen Brunnenfigur (Höhe 85,5 cm, Taxe 120 000 Mark). Zu den teuersten Losen gehört Norddeutsches: Paula Modersohn-Beckers große, wunderbare „Stillende Mutter" (um 1902) und Emil Noldes prachtvoll leuchtendes Aquarell „Bauernhof unter dunkler Wolke" von 1935 sind auf je 200 000 Mark taxiert, und Karl Schmidt-Rottluffs fauvistisch loderndes „Einsames Haus (Das rote Haus)" von 1907, irgendwo an der Ostsee entstanden, soll runde 500 000 Mark einspielen.

Last not least folgt am Montag die Auktion der Alten Kunst. Hier lockt ein farbsattes Blumenstilleben des Ambrosius Bosschaert d. J. für 60 000 Mark, van Dycks radiertes Porträt des Malers de Momper von 1630 für 25 000 Mark und Anton Radls stimmungsvoller Blick vom Schaumainkai auf die Frankfurter Altstadt für 20 000 Mark. vvw

## Für Clara Peeters

### Mehr als zehn Millionen Franc

Ein „Stilleben mit Krug und Käseteller" von Clara Peeters ist im Pariser Drouot für 10,1 Millionen Franc – das sind rund drei Millionen Mark – an einen angelsächsischen Käufer versteigert worden. Damit erzielte der Auktionator Marc Ferri einen Rekordpreis für ein Werk der flämischen Malerin, der die Schätzung von höchstens 1,4 Millionen Franc weltweit übertraf. Seit annähernd vier Jahren ist in Paris für ein Altmeistergemälde kein solcher Preis verzeichnet worden. Über das Leben der Künstlerin, die vermutlich 1594 geboren wurde und nach 1654 starb, ihre Ausbildung oder ihre Reisen, ist so gut wie nichts bekannt; etwa fünfzig Stilleben von ihrer Hand befinden sich in Museen und Privatsammlungen. Das nun verkaufte Stilleben in Öl auf Holz war bislang unbekannt. A.H.

Wunderbar leise.

nicht verstehst,
verstanden hast . . .‹
in der Untergrundbahn)

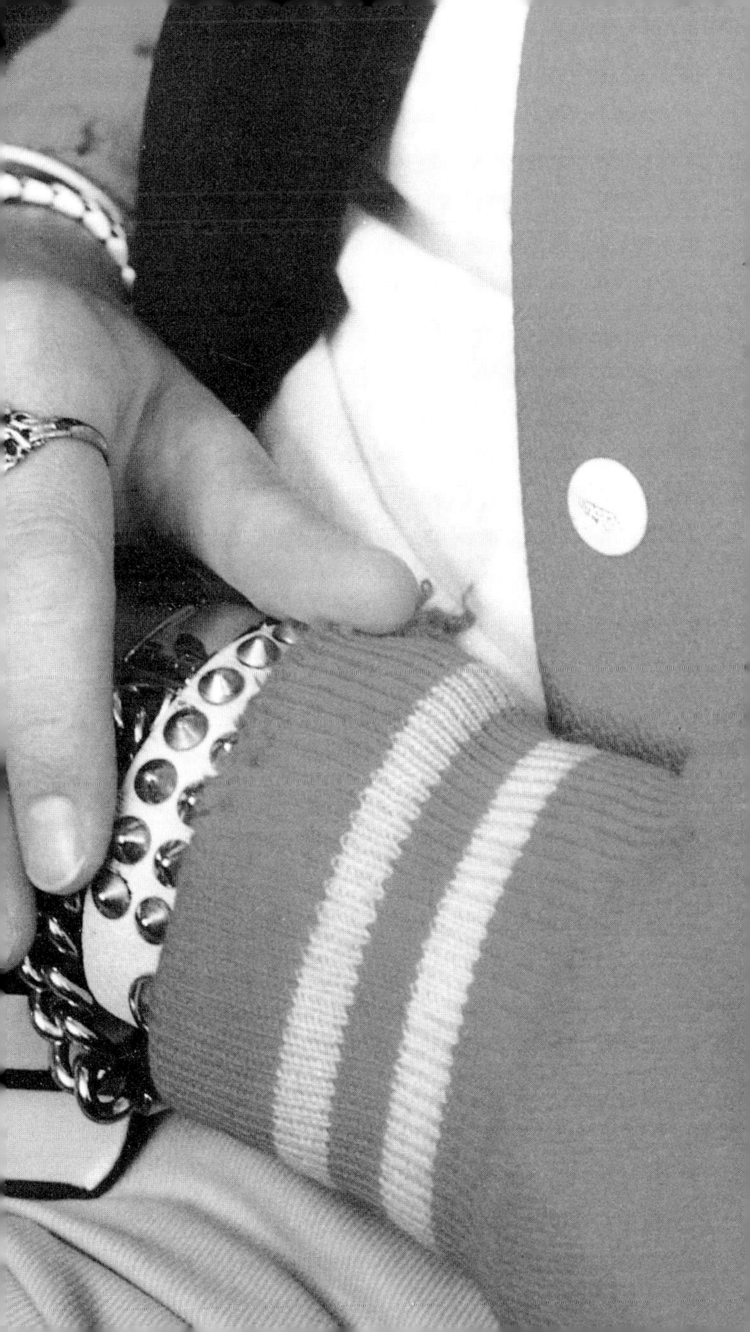

plus:
Daz Saund
Radikal Fear
Tim Taylor
Cari Leckebusch
DJ Pierre
BamBam
Rainald Goetz
featuring: Octopussies
Electronic Music Foundation
New Electronic School
URL: http://www.techno.de

## Frontpage

# WORDS DON'T COME EASY

auf Fragen von JL

Die Phantasie, die Wirklichkeit anzuzapfen, gerade in extremen Situtationen, und die dort frei flottierende Sprache Text werden zu lassen: immer wieder mal war davon die Rede, oft in den Afterhours, speziell auch mit Jürgen Laarmann. Ich bewunderte seine Energie, sein Durchhaltevermögen, das Raustrashen seiner Zeitschrift ›Frontpage‹, jeden Monat, auf der Basis eines nächtlichen Tuns und Treibens, das geordnete geistige Tätigkeit eigentlich komplett unmöglich machte. Scheißegal, dann eben nicht geordnet, total zerstreut, umso besser. Über Monate hin verfolgten wir den Plan, ein Interview zu machen, zu meiner, im Oktober 94 bei Eye Q erschienen CD ›Word‹. Es kam dann zu einem Gespräch, in meiner Wohnung, das drehte sich zu 80 Prozent um Drogen, Klartext, war also nicht druckbar. Paar Tage später, ich konnte es kaum glauben, kamen tatsächlich, wie vereinbart, die Faxfragen von Jürgen Laarmann.

JL. Wir benutzen dich manchmal, wenn Leute sagen, Raven sei doof, als passendes Gegenbeispiel und sagen, hey ihr, guckt mal, sogar der Rainald Goetz mit seinem Suhrkamp-Preis ist einer von uns. Siehst du dich selbst als Raver?

R. »Raver«? – Klar.

Es gibt also Leute (so ist das doch gemeint?), die Raven nicht intelligent, nicht anspruchsvoll genug, zu ›primitiv‹ finden?

RAINALD GOETZ WORD

a) ein solcher ›doof‹-Vorwurf kommt eigentlich nur aus der allerarmseligsten Ecke von Frischst-Intelligenz-Intelligenten, Intelligenz-Neureichen sozusagen. Will man so jemandem wirklich irgendwas erklären? Da wäre doch eher Taniths Parole angebracht: ›Open your mind – so that I can piss on your brain.‹

b) ›doof‹ als Vorwurf heißt doch in echt: verstehe ich nicht. Insofern finde ich den ›doof‹-Vorwurf immer einen Ehrentitel. Er besagt, daß eine Sache (wie etwa das Raven) so wirr, vital, ungeordnet, irritierend und immer noch neu ist, daß sie einer Sicht von außen aus als nicht verständlich erscheint.

c) ›doofe‹ Sachen sind insofern für mich (natürlich?) eher faszinierend als etwa intelligente. Auf die Musik bezogen: nichts ist langweiliger, stumpfer und verblödeter als der penetrante Nervensägen- und Musik- ›Forscher‹ -Dreck, der sich selbst als ›Intelligent‹ (-Techno) einstuft. Und umgekehrt haben wir (hallo Robert, hallo Nilly) zu ›Hyper Hyper‹ und ›Eins, zwei, Polizei‹ schon so abgeschrieen und abgefeiert, zum Beispiel in der Grand Hotel Bar hoch über den Dächern von Zell am See, daß mir jede sozusagen seriöse Auseinandersetzung mit diesem von euch sogenannten ›Deppentechno‹ komplett lächerlich vorkommt.

d) wiederum andererseits ist es genauso lächerlich, als bürgerlicher Intellektueller sehnsuchtsvoll die Unmittelbarkeit, Wahrheit und Schönheit des Drecks der Prollwelt zu idealisieren. Intellektualität ist immer noch ein Klassen-Schicksal, gegen das man politisch revoltieren kann. Individuell ist Intelligenz eine Lebensform, die genauso viel Knast und Glücksversprechen beinhaltet wie jede andere auch. Auch was ›Doofheit‹ angeht natürlich: Es gibt genau so viele blöde Intellektuelle wie blöde Prolls.

e) allerdings hat es einen guten Grund, daß ausgerechnet die Raverai und die dazugehörige Musik solche

ONNERSTAG
22.00
WHAT IS HOUSE
DJ TANITH
TRANCE-NIGHT
DJ DAVE ANGEL
DJ HELL / COZMIC SURFER
CYBERSCREENS
BABALU

Fragen aufwirft: nirgendwo sonst gibt es eine so unsortierte Mischung von Leuten aus tatsächlich ALLEN Welt- und Lebensbereichen. Dabei ist dieser Punkt (anders als andere, zutode benannte ›positive‹ Aspekte wie Love, Peace, etc.), dieser Reichtum an Nicht-Unity, an Differenz, an unterschiedlichsten Existenz- und Geistesformen unter dem einen Motto ›ABFEIERN‹ eine solche Selbstverständlichkeit, daß von ihr normalerweise noch nicht mal Erwähnung gemacht wird. Und das tut ihr und ihrer Virulenz, dem was sie der Sache gibt, natürlich gut.

JL. Wie und wann hast du mit dem Ausgehen angefangen?

R. Gegen Ende meines Studiums. Punk stellte mein Leben vom Kopf auf die Füße. Eine kurze Zeit lang war ich traurig, daß ich nicht mein ganzes bisheriges Leben Weißbier saufend, Pogo tanzend und bayrisch redend verbracht hatte. Aber schon bald fand ich es vorwiegend angenehm, von nichts eine Ahnung zu haben: ich war nicht von jeder neuen Platte an hundert alte erinnert (wie alle meine musik-fanatischen Freunde) und hatte dadurch einfach mehr Spaß – die Gnade des späten Interesses, wie du es im Interview nanntest.

Kaum hatte ich die Nacht entdeckt, wurde ich 30. Und sah mich auf einmal, und zwar über Jahre hin, bei lebendigem Leibe einrücken ins Reich des TODES. Da blieb ich wieder paar Jahre vorwiegend daheim, absolvierte ein privates, spätes, hochinteressantes Philosophie-Studium. Und schrieb selbst, das war eigentlich das Bitterste an dem ganzen, immer finsterere, wahrere und doch zugleich insgesamt wohl falschere Texte.

Die Erlösung aus diesem Leben brachte der Acid-House-Hype, der via DJ Hell im September 1988 München erreichte. Seither habe ich mit dem Ausgehen nie mehr aufgehört.

BLUB CLUB

JL. Verstehen die Leute, die dich als Literaten bis Mitte der 80er Jahre erlebt haben, deinen jetzigen Lebenswandel? Wie sind deren Reaktionen?

R. Ich glaube, daß jeder normale Mensch gerne so ein Leben führen würde wie ich. Einfach weil man als freier Schreiber total machen kann, was man will. Auch gibt es im Rahmen dieser Freiheit überhaupt keine Entwicklungsvorgabe: man kann genauso gut in die Niederungen von verantwortungsvoller Reife und Seriosiät hinunterverblöden; wie im Pochen auf irgendwelche Kunst-Infantilismen trotzig in irgendeinem Insider-Mist hängenbleiben. Oder einfach alles richtig machen. Nur wie geht das?

Die wertvollsten Informationen über falsche Entwicklungsschritte kriegt man wahrscheinlich aus der Distanz öffentlicher, vernichtender Kritik der eigenen Arbeitsresultate. Unter Freunden regieren vernünftigerweise die Tugenden der Loyalität und Höflichkeit: man klammert das einfach aktiv aus, was man am anderen total falsch findet. Insofern kann anhaltendes Schweigen zu bestimmten Themen, Positionen und Lebensformen die eindeutige Mitteilung der Mißbilligung enthalten. – Diese höflich mißbilligenden Mitteilungen über meinen ›jetzigen Lebenswandel‹ werden mir von einigen der alten Weggefährten wahrscheinlich schon gemacht. Wobei ich dann doch denke: sie meinen es gut; aber sie haben wirklich absolut keine Ahnung.

JL. Du bist 40. Macht dir eigentlich dein Alter was aus? Oder siehst du dich selbst als Beispiel, daß es nie zu spät ist anzufangen und nie lange genug dauert aufzuhören?

R. Ich finde es nicht gerade sehr sympathisch, schon so alt zu sein. Es ist einer von vielen Bausteinen in dem Gefühl, insgesamt eine komplett LÄCHERLICHE Existenz zu führen und zu sein. Das betrifft vorallem alles, was ins Feld des unmittelbar Materialen der Biologie gehört; als wäre da auf einer allergrundsätzlichsten, unabänderlichen Ebene irgendetwas komplett absurd verworren. Das alles, und jede mögliche Gegenbewegung dagegen, finde ich gleichermaßen derart scheußlich, daß ich sowenig wie möglich über irgendetwas derartiges, inner-physisch-psychisch Objektives, Nicht-Außerweltliches nachdenken möchte.

Komischerweise kommen alle diese Lächerlichkeits-Widerlichkeiten auf dem Feld der Arbeit vollkommen zur Ruhe. Da gibt es all das nicht, da stimmt alles. Deshalb möchte ich gerne den fünften Band meines fünften Buches, an dem ich gerade schreibe, ›SEX UND GNADE. Sieben Interviews‹ nennen.

JL. Zur Sprechplatte: Was war eigentlich die Grundmotivation, die Sprechplatte zu machen?

R. Auf diese Frage habe ich inzwischen schon so oft dasselbe gesagt, daß mir jede Antwort irgendwie verlogen vorkommt. Wenn ich heute die Platte höre, finde ich zum Beispiel nach wie vor:

a) daß total viele Stellen saulustig sind.

b) daß man meine angeblich zu komplizierten Texte bestens versteht, wenn man sie vorgelesen kriegt. Gerade die komischen Reflexions- und Worte-Fetzen, die abgehackten Sätze und Substantiv-Kaskaden, die gedruckt vielleicht eher seltsam wirken, bekommen plötzlich so eine melancholische Plausibilität. Der abstrakte, ferne Text rückt durch den Klang der Stimme in die Nähe; man ist irgendwie einverstanden und bekommt so ein Gefühl von: paßt schon.

c) daß die Musik bezogen auf den Text natürlich alle naheliegenden Funktionen erfüllen sollte: das Gesagte

We are Family!
AT CAMBRIDGE PLAN INTERNATIONAL

unterstützen, ihm widersprechen, es betonen und von ihm wegführen, es mal plumpifizieren und mal eher zum Aerosol werden lassen undsoweiter usw. –

Darüber hinaus macht die Platte REIN MUSIKALISCH paar Argumente, die ich nicht nur theoretisch kritisch formulieren, sondern wirklich mal direkt ausprobieren und durchtesten wollte:
– gegen Interessantizismen aller Art, gegen Pseudo-Sophistikation und High-Art-Seriosität;
– gegen ›Acid‹, ›Detroit‹, Armen-Techno (eine Maschine reicht schon);
– gegen alles ›Schräge‹ dieser Welt; gegen jede Nerverei; gegen Klangforschertum und gegen alles auch nur im entferntesten Sinne ›Experimentelle‹;
– gegen schlechte Simpel-Melodien und für (na was?): gute Simpel-Melodien;
– für alles Simple überhaupt; für das Naheliegende, das erfüllte Gesetz, den nicht-überraschenden Aufbau;
– für Sentimentalität; für Flöten, Flächen, Zimbeln und Meeresrauschen, das ganze Ambient-Techno-Gezeter;
– für helles Licht insgesamt; für Spaß im vielleicht allzu Zarten; und für ein gutes Ende natürlich.

Insgesamt: ein freundliches Requiem.

JL. Es sieht ja ein bißchen so aus, als sollte die Verknüpfung: gesprochene literarische Texte – elektronische Musik, eine Fusion sein, die folgende Zwecke erfüllt: 1. Literaturfans ein neues Medium präsentieren, das dich ultrahip erscheinen läßt; und 2. Technofans ein wenig deine Literatur nahezubringen? Stimmt das?

R. Stimmt teilweise. – Ich wollte mal was machen, wo ich mich bei näher stehenden Menschen nicht nur dafür entschuldigen muß; was, womit ich jemandem mal eine Freude machen könnte. Eine Seite meines Lebens zeigen, die nicht nur durch Abstoßung, Ausweglosigkeit und Abgrund auf absurde Weise attraktiv wäre, sondern unmittelbar zugewendet, einladend, ansprechend. All das wollte ich sozusagen meinen eigenen Büchern entgegenhalten (nicht wirklich den Lesern meiner Bücher, oder gar den ›Literaturfans‹).

Daß nichts an diesem Projekt ›ultrahip‹ sein würde, war von vorneherein klar. Die Frage war eben, ob es jenseits all der naheliegenden Einwände (Jazz und Lyrik, Avantgarde, versöhnlerischer Kitsch, Profilneurose usw.) gelingen könnte, auf einem fremden Feld wie der Musik überhaupt in den Bereich vorzudringen, wo es um ARGUMENTE geht. Und dann natürlich: diese Argumente noch einmal so weit zurückzunehmen und zu verbergen, daß sie nicht mehr wichtigtuerisch auffallen oder gar stören.

Wenn mir Leute erzählen, sie würden zu der zweiten CD auf so angenehme Art eindämmern und wegpennen, denke ich: gut, dann stimmt die Sache doch.

JI. Dein Label macht schwer einen auf Hochkultur und behauptet z.B., deine Platte sei schwer ›Avantgarde‹. Ist die Idee, ›Avantgarde‹ sein zu wollen, nicht das altmodischste, was es überhaupt gibt?

R. Ja, doch: Die Eye-Q-s (und insbesondere Heinz Roth) haben einen gewissen Hang zum Höheren. Ich komme ja eh von oben und habe von daher einen ziemlich heftigen Zug nach unten. Das ergänzt sich wahrscheinlich ganz gut.

Vielleicht riecht die ›Idee Avantgarde‹ etwas muffiger als das Unternehmen Pop. Aber unter dem Banner dieser Idee werden eben Produktionen wie meine CD ermöglicht, die sich nicht direkt wirtschaftlich legitimieren und rentieren müssen; man spekuliert dabei auf einen Mehrwert ideeller Art, der auf Umwegen und im Nachhinein

fat fug
Eröffnung
Maximilianstr. 3
Do 4. Juli 96 - 2

dem Unternehmen dann natürlich auch wirtschaftlich wieder zugute kommen soll. Mein literarischer Verlag Suhrkamp funktioniert genau so; und kriegt von allen Seiten genau den gleichen High-Brow-Credit und genau das gleiche Dissing für diesen Credit – wie eben Eye Q.

Ich fühle mich da genau gut aufgehoben. Ich kann intern gegen die in meinen Augen falschen Hochkultur-Ambitionen argumentieren. Bekomme die Möglichkeit, meinen als ›Avantgarde‹ bezeichneten Versuch zu machen, völlig nicht-avantgardistischen Pop herzustellen. Und wenn es im Resultat dann doch wieder nur ein Pop für Ultrawenige wird, also realiter gegen alle meine eigenen besseren Absichten doch Avantgarde, – kriege ich von niemandem geschimpft.

JL. Fühlst du dich in deiner Rolle als Vorzeige-Schriftsteller hier nicht mißbraucht?

R. Wer würde in dieser Rolle und unter diesen Bedingungen sich als ›mißbraucht‹ vorkommen? Der hebe nur den Kopf. Und da steht DEPP darauf geschrieben.

JL. Wie war die Zusammenarbeit mit Oliver Lieb und Stevie Be Zet?

R. Mit Oliver Lieb gab es einen interessanten Kampf. Oliver wollte große Opern schreiben, ich nicht. Im ersten Arbeitsgang entstanden endlos lange, rhythmisch hochkomplexe Nummern, fett instrumentiert, mit bombastischen Breaks, ziemlich ratlos-debilen Melodien und einer immer wieder neu bei jeder Nummer anders verfremdeten Stimme. Nummer für Nummer sehr interessant; nach paar Wochen gemeinsamer Arbeit am Stück gehört: die pure Folter.

Wir ließen das dann mal ruhen, und ich fing mit Stevie

ße Zet die zweite Platte an. Inzwischen war es Frühsommer geworden, und die Studiotage gingen verraucht und verdunkelt so dahin: die angenehmste Zusammenarbeit, die man sich denken kann. Wir hatten den gleichen Sentimentalo-Draht, das gleiche langsame Tempo mit leichten Pedanterie-Ausreißern bei der Arbeit und das gleiche schnelle Verstehen und Auffassen der Ideen des anderen. Wir schlugen die größten Volumenbefehl-Schlachten mit dem Ziel, alle Einzelteile immer noch bruchfreier ineinander zu verschmelzen. Und die einzige Differenz war manchmal die für Stevie zu banale Banalität bestimmter klassischer Techno-Licks; die hatte ich einfach so sehr im Ohr, daß ich sie auch auf meiner Platte, egal wie platitüdenmäßig das rüber kommen würde, unbedingt darauf haben wollte. Bei jeder Nummer neu am Schluß die Qual: die Stimme immer weiter nach vorne mischen, die blöde Sprache, bis die Musik fast verschwunden war in der Tiefe. Und wie genau das im Resultat uns dann doch richtig vorkam: das ganze feine musikalische Gewerk verborgen hinter der Lautheit des Signals ›Ambient‹-Musik und der direkten Penetranz der fortlaufenden sprachlichen Erzählung. Am Schluß war genau das plötzlich: die große Oper. Und so fand ich es gut.

Von daher hatte sich das Ziel der Neubearbeitung der Platte mit Oliver weiter präzisiert. Ich wollte jetzt allen Bombast, dem wir musikalisch gar nicht gewachsen waren, rausschmeißen; und statt dessen klipp und klare, schnelle, knappe, extrem logische Nichtmusik-Musiknummern herstellen. Oliver war sehr begeistert – also kaum für den Plan zu gewinnen; schließlich aber doch. Die besten Resultate bekamen wir, wenn meine Simplifizierungs-Wut auf irgendein genau richtig gedachtes Bereicherungsbedürfnis von Oliver stieß; in der Art von: »und hier bräuchten wir jetzt noch irgend so einen krassen Kreischer oder so, oder?« Genau.

Schließlich wurde ›Soziale Praxis‹, dem Titel genau entsprechend, Resultat eines Konflikts. Und ›Ästhetisches System‹ ganz einfach stimmig aufgrund von Harmonie.

JL. Was waren die interessantesten Reaktionen, die du auf die Platte bekommen hast?

R. Meine Lieblingsreaktion kam von Susi: »Das war die Zeit, wie ich in den Uli so verliebt war. Und da habe ich dauernd, immer wieder hintereinander ›Mädchen‹ gehört. An der Stelle, wo du ›und ich lebe‹ sagst; das fand ich so ...«

Da hat also einmal etwas, was ich gemacht habe, auch das Herz der Liebe erreicht: sehr schön.

JL. Du bist ja inzwischen überall bestens bekannt und auf allen Raves zu Gast – was ist der Unterschied zwischen Frankfurt, Berlin und München?

R. Für mich ist es eigentlich immer da am schönsten, wo ich gerade bin. Jeden verstehe ich, mit allem bin ich einverstanden, alles ist toll.

Für Außenstehende wirkt das, merke ich oft, leider ziemlich penetrant. Ich versuche dann zu denken: ich bin so ein dauernder JA-SAGER ja nur, weil ich in Wirklichkeit, daheim allein bei mir im stillen Kämmerlein, so ein notorischer NEIN-DENKER bin. Aber auch da sage ich ja Ja zu meiner Nein-Denkerei.

Führt das also auch nicht weiter, stelle ich mich dann oft paar Stunden zum DJ hin. Die Sorte von Gedanken, die dabei genau entsteht, würde ich gerne mal genauer begreifen. Es ist der Inbegriff eines komplett abstrakten, hochintellektuellen und zugleich absolut Worte-freien Glücks. Deshalb erlebe ich viele Raves weniger als Rave, sondern von irgendwelchen inneren Dramen den da agierenden DJs gegenüber erfüllt.

Berlin ist mir irgendwie zu düster.

Frankfurt ist mir eigentlich zu hart.

An München gibt es genau gesagt nur eines auszusetzen: die Person heißt ›Willi‹ und ist der widerlichste – aber der Michi hat gesagt, das soll ich nicht schreiben. Ansonsten ist in München alles total super.

JL. Nun ein paar Stichworte, zu denen wir deinen Kommentar gerne hören würden. 1. Raving Society.

R. Zurecht hat der Begriff so eine geile Medien-Karriere hingelegt. Denn alle, die ihn verwendet haben, meist um sich von ihm abzusetzen, müssen doch an einer irgendwie gearteten Ahnung partizipieren: daß hier die Zeit selbst, und zwar in Gestalt der Gegenwart, ihren eigenen Namen mal kurz verraten hat.

JL. Love Parade.

R. Was soll ich sagen? Draußen liegt der schöne weiße Schnee, halkyonische Tage ziehen groß dahin über München. Kann es sein, daß es Januar ist? Und es war je Sommer irgendwann? Wer weiß.

JL. Rave am Ring.

R. Ich finde eigentlich alle sogenannten ›Locations‹, oder gar ›abgefahrene‹ Locations immer Scheiße. Fast so schlimm wie die öde Visuals-Pest. Trotzdem wäre ein gigantisches Mega-Open-Air ein logischer nächster Schritt. Richtigen Statement-Charakter könnte die Sache am ehesten bekommen, wenn wirklich mal ALLE mitmachen würden; über alle Gräben, Linien, widersprüchlichen Konzepte hinweg. Aber dazu ist wahrscheinlich und inzwischen bei so einer Sache zu viel Geld im Spiel. Auch Geld der Zukunft. Also: Lauern, Taktieren, Politik. Leider eigentlich nicht unverständlich und trotzdem schade.

JL. Sex ohne Kondom.

R. Heiße ich Ingolf Lück, oder was?

JL. Sven Väth.

R. Zur Zeit auf großer Reise in Japan. Dort hat Stockhausen vor irgendeinem Tempel 1977 die Inspiration zu seiner immer noch unvollendeten Mammut-Oper ›Licht‹ empfangen. Gestern hat da die Erde gebebt. Sven aber lebt. Ich habe von Sven letztes Jahr, in einem Jahr des Todes und der Trauer, einen endlosen, gigantischen Sommer geschenkt gekriegt, mit ALLEM: Musik, Partys, Afterhours, ganzen Afterhour-Tagen, höchstgestimmter Heiterkeit, bösestem und dreckigstem Humor, und tiefsten Einsichten, unausgesprochen, ins Leben. Und nicht zuletzt mit der Idee des Reisens: wohin wir Sven 1994 überall hinbegleitet haben: nach Berlin und Frankfurt natürlich und kreuz und quer durch ganz München, nach Tokio, Helsinki und in Leilas Schweizer Acid-Berge, nach Linz, Les Deux Alpes, nach Montreux, Ulm, Bali, Zagreb, Pforzheim: we did it all. Year of years. Und Liebe und Dankbarkeit gehen dir nach, durch alle deines Lebens Tage.

JL. Westbam.

R. Immer wenn ich ihn sehe, kommt es in mir zu so einer heftigen Herzlichkeitsaufwallung; vielleicht auch, weil er vor Jahren im Macht-der-Nacht-Zelt-Sommer als DJ so ein wunderbarer Pilot meiner ersten Ecstasy-Ekstasen war. Einmal saß ich, nach der Party, im Aufräumlicht so erschöpft und mild getanzt irgendwo am Rand. Als Westbam vorbeiging, trafen sich unsere Blicke, und sein Gesicht sagte: kennen wir uns? Ich schüttelte den Kopf. Und dachte: da geht er dahin, der Bruder. Und sah plötzlich, was die Alten mit der Idee der Brüderlichkeit gemeint haben müssen; warum ›Brother‹ so ein großartiger Kampfbegriff der Schwarzen ist. Und wie weit das wirklich geht, daß jeder Mensch dein Bruder ist. – Heute würde ich oft gerne mit ihm ›über alles‹ reden; oder doch eher lieber nicht wirklich. Sitzt man dann irgendwo backstage, ist V. V. dabei. Und alles ist gut, wie es ist.

JL. Frontpage.

R. Ich wünsche mir besser gedruckte Farben und weniger vollmundig tönende World-Domination-Editorials. Die Geschichte dieses Interviews hier wird dereinst heißen: ›Die Unvollendete‹. Für die schriftlichen Faxfragen vielen Dank, JL. Ich bin stolz auf uns, my friend.

rieg
n Rainald Goetz

UTSIDE
USTRIA

TAKKYU ISHINO

JANUARY 1996
WESTBAM
EST OF THE GERMANS
Henry Street Birkenhead Info: 0151 666

Westbam

# Mix, Cuts & Scratches

mit Rainald Goetz

Merve Verlag Berlin

Westbam

# DIE ORDNUNG DER EKSTASE

Hotel Phoenix
San Francisco, USA

*»Über gelungene Arbeiten freut er sich sehr.«*

## I

Es ist wie in einer Erzählung von Thomas Bernhard: wo in langen, sofort verschlungenen Sätzen zwei sogenannte ›Geistesmenschen‹ in relativ banaler Absicht zusammenkommen und sich quasi im Handumdrehen durch die lächerlichsten Absichtsverhinderungsstrategien und noch längere Worte gegenseitig an den Rand der Verzweiflung bringen, um sich vielleicht sogar tatsächlich und gegenseitig in den, wie bei Bernhard gesagt würde, fürchterlichen Abgrund der Absurdität des Suizids schließlich zu stürzen, noch bevor die eigentliche Erzählung überhaupt angefangen hat.

In Wirklichkeit sitzt man sich vorerst natürlich noch recht normal im schattigen Korbsessel-Ambiente eines angeblich ›Hotel Phoenix‹ genannten Hotels in San Francisco gegenüber, draußen brennt die Juni-Sonne auf den Swimming-Pool im Innenhof, Windstille, Mittag, so eine pastellbunte Hockney-Szenerie, und der Geistesmensch Maximilian Westbam erzählt mit über dem Kopf verschränkten Armen gutgelaunt aus den Tagen der Frühe.

Reden ist toll. Dauernd passiert dabei so viel, und kein Mensch weiß, was alles und wie genau. Auf jeden Fall reitet auf dem gesagten Text, der direkt auf einen zu gebrochen kommt, das eigentlich Mitgeteilte mehr so auraartig daher: wie einer lebt und denkt, das Ganze eines Menschen, seine individuelle geistige Gestalt. Sozusagen die Musik, die einer ist.

Westbam: »Ich habe ja doch eine verdammte Menge richtig verschiedener Musik gemacht. Für unsere Jubliäums-Compilation, die jetzt rausgekommen ist, dachte ich mir auch, ich muß mir das alles noch einmal anhören, was man ja eigentlich sonst nicht macht. Wobei es mir eigentlich schwer fällt zu sagen, was der Stil meiner eigenen Musik ist. Klar, es gibt so ein paar äußere Charakteristika. Was ich überall drin habe, sind die stampfenden Basedrums, von 1985 an. Und ich habe immer relativ schnelle Musik gemacht.«

Musik zum Hüpfen. Ist das vielleicht ein Element, daß die Sachen alle so jumpy sind?

»Dieses Hüpfen kommt eigentlich erst mit dem richtigen Tempo. Bei 150 bpm ist der Ofen aus ist für richtige Dance-Kultur. Erst dahinter fängt das Hüpfen an. Und mit dem Hüpfen fängt vielleicht auch die Jugend-Kultur an, mit den großen Locations. Daß da irgendwo zehntausend Leute sind. Das ist nicht mehr das Individuum, was da vor sich hinwogt, sondern das ist die große pumpende Menge. Die große Einheit der pumpenden, glücklichen Menschen. Und die hüpfen dann auf und ab. Das ist der Tanz. Vielleicht nicht nur der Jugendbewegung, sondern allgemein der großen Bewegung. Vielleicht ist für die großen Bewegungen diese auf- und ab-Bewegung einfach ›die‹ Bewegung.«

## II

Es gab einmal eine Zeit – auch wenn man sich das heute kaum mehr vorstellen kann – da gab es kein Techno, jedenfalls nicht in der normalen Welt. Diese Zeit liegt noch gar nicht so lange zurück. Nicht viel mehr als drei Jahre ist es her, daß der öffentliche Mainstream diese Musik, die heute vielleicht in die Hälfte oder ein Drittel der deutschen Charts hineinspielt, als eine von vielen Underground-Bewegungen überhaupt erst richtig wahrgenommen hat.

Gleichzeitig ist Techno, im vergangenen Jahr wieder mehr denn je, die experimentellste, interessantest, abstraktest und neueste neue Musik, die entsteht.

»Es ist im Moment«, sagt Westbam, »wieder eine sehr starke Umbruchsphase angebrochen. Aber ich sehe den Umbruch nicht so sehr in dem, was im letzten halben Jahr passiert ist. Mir schwebt ein viel größerer Umbruch vor. Also letztendlich ein Umbruch, der in irgendeiner Form House-Musik transzendiert. Das ist für mich das Spannende. Danach suche ich. Darüber mache ich mir Gedanken.

Die große Schwierigkeit dabei ist für mich: es wird mit House-Musik zu tun haben, es wird mit DJ-Musik zu tun haben. Aber es muß irgendjemand kommen, der in dieser Tradition steht und doch unbeleckt genug davon ist, um das chaotisch genug sehen zu können.

Viele Leute nehmen die Rückkehr der Authentizität der frühen House-Platten auch wahr als das ›neue Ding‹. Aber das ist natürlich nicht das neue Ding. Daß man sich auf irgendwelche Quellen zurückbesinnt, das kann noch nicht der große Fortschritt sein. Aber das weist darauf hin, daß da irgendetwas brodelt und daß irgendetwas passieren wird. Deshalb ist die Musik zur Zeit wieder so interessant, gerade im Underground.

Das hat indirekt auch mit den Charts zu tun. Nach zehn Jahren kommt in den Charts etwas auf den Punkt und zu einer Blüte, auch zu einem Zusammenbruch. Und da wird Underground-Kultur wieder interessant als ein Neustart und Neubeginn einer Sache, die auch wieder Pop werden wird.«

So ist mit Techno und seinem Denken ein neuer Gleichzeitigkeits- und Gegensätzlichkeits-Schub in das ganze System des Populären infundiert worden, der die Gegenwart erfrischt hat.

Westbams Plattenfirma ›Low Spirit‹, heuer 10 Jahre alt geworden, hat das alles mit erfunden: die Musik, den Überbau, die Riesen-Raves, die kommerzielle Geschäftsgrundlage, richtige Teen-Pop-Stars wie Mark Oh und Marusha und obendrein das ideell Allübergreifende einer ganzen Jugend-Kultur.

Die Kritik war immer zur Stelle. Die House-Puristen, die Kultur-Reaktionäre in der Taz, ganz normale Publikums-Blätter, insbesondere selbst weniger erfolgreiche Wellness-Zeitschriften wie ›Tango‹ oder ›Tempo‹: alle haben den Erfolg von ›Low Spirit‹ besonders gerne unter dem Aspekt dargestellt, was es daran zu ›enthüllen‹ gibt. Könnte es etwa gar sein, daß damit Geld verdient wird? Eine unglaubliche Sauerei. Wer hätte das gedacht?

»Die Firma«, erzählt Westbam, »haben wir gegründet, weil es die Firma für unsere Musik nicht gab. Die erste Sache war, daß wir die Musik gemacht haben. Und dann die zweite Sache war zu gucken, wo ist jetzt die Plattenfirma, wo man das herausgeben kann.

Wir haben 85 unsere erste Platte gemacht. Die hatte sehr viel mit ›Blue Monday‹ von ›New Order‹ zu tun. Ich

TRAX

TX-5031
B+A
CLASSICAL
MD6001
A-B
TX-5031

habe da in den allerersten selbstgebauten Sampler einmal ›Bumm‹ eingesprochen. Und daraus haben wir dann die erste Baß-Linie gemacht ›bumm bumm bumm bumm bumm‹. So ging das die ganze Zeit. Und das war schon der Track. Ich habe das damals gespielt mit einem Track, den mir jemand bißchen später aus den Staaten mitgebracht hat, der hieß ›dum dum‹. Die habe ich im Metropol immer durcheinanderlaufen lassen.

Eine noch frühere Aufnahme haben wir mit zwei Kassettenrecordern gemacht. Da habe ich mit zwei Copies von ›Spank‹ die Baßlinie aus dem Break immer wiederholt; und dann mit diesem Melle-Mel-Wort ›Bass‹ von ›White Lines‹ da so overdubmäßig reingescratcht. Uns gefiel das so gut, daß wir das gerne rausgeben wollten; das war so 84. Da hat man sich zu der Zeit noch gefragt. na, dürfen wir denn so was? William hat dann bei einem gewissen Herrn Stark von CBS angerufen, den ›Spank‹-Rechtsinhabern, und der hat nur gesagt: Machen Sie sich nicht unglücklich. Damit war die Sache erledigt.

Und dann haben wir also festgestellt: es gibt gar keine Plattenfirma für das, was wir eigentlich machen wollen. Wir haben ja nicht elektronische Musik gemacht, wie man das aus Deutschland kannte. Und es gab keine Dance-Indies. Independent-Musik war Rock'n'Roll, und die Indie-Leute waren Leute, die gesagt haben: Discomusik – Scheiße. Also haben wir gesagt: okay, wir müssen bei Efa unser eigenes Label machen. Also über einen Independent-Vertrieb Tanzmusik machen.«

Westbam: »Man hat dann viel herumprobiert. Sich das gekauft, und dann das einmal geliehen. Und tatsächlich sich zu Hause auch so ein Mischpult ins Wohnzimmer gestellt. Wir haben da zu dritt gehaust praktisch, William, Klaus und ich. Mein Bruder ist dann als Mitglied so 89 dazugestoßen. Dann saßen wir da also herum, und das dauerte richtig lange alles.

Ich erinnere mich, ›Disco Deutschland‹, da haben wir bestimmt drei Monate daran herumgespielt. Wir hatten ›Reel-to-real‹-Tonband-Maschinen vom SFB gekauft. Und ich habe dann da so geeditet, dieses Schnippeln. Und ich weiß noch, wie die da standen, William und Klaus, und sagten: jetzt ist er völlig wahnsinnig geworden. Weil ich da stand und wirklich mit tausend Schnitten irgendetwas gemacht habe. Also alle drei Beats kam irgendetwas Neues hinein. Und das konnten die nicht mehr packen, diese Cut-Wut. Aber für mich war es das neue Ding, da etwas zusammenzuschnippeln. Das fand ich spannend.«

Was war damals seine Vorstellung von dem, was er selber musikalisch machen wollte?

Westbam: »Ich hatte eine sehr ungefähre, sehr weit gefächerte Vorstellung. Weil ich eben so verschiedene Aspekte immer gut und wichtig fand. Also einerseits diese ›Exstasy Abfahrt Gay Disco einfach blöd glücklich‹-Welle; und andererseits den Disco-Aufstand. Da wird Musik gespielt, discomäßig, aber es ist nicht ›Disco‹ in dem Sinne, sondern es ist ein Aufstand: der Public-Energy-Gedanke. Also das, was dann die ganze Rave- und Techno-Culture geworden ist. All diese Facetten, das waren Sachen, die ich mir vorgestellt habe. Auch die Idee, daß das aus der DJ-Technik herauskommt und daß es für diese DJ-Technik gemacht ist. Und dann hatte ich schon immer die geraden Beats drin.

Diese geraden Beats, ich glaube, das ist eigentlich Disco-Heritage. Das ist letztendlich das, was die Leute als das Glück, das Beglückende und Glücksbringende dieser Musik empfinden. Sozusagen die Heilsbotschaft. Die läuft über dieses ›bumm bumm bumm‹-Ding.«

Ja, genau: die Heilsbotschaft. Dieser Ausdruck paßt wirklich. Denn man kann das denkend nie so ganz verstehen, das Große dieses Glückseffekts des einfach nur geraden Beats. Und hat er selber beim Musik-Machen auch Spaß an speziell diesem Moment?

Westbam: »Klar. Viele Leute haben sich nur die eine Tradition herausdestilliert, nämlich das Experimentelle. Was ja eine Facette der Sache ist. Aber wenn man das zu stark betont, geht der andere Aspekt der Funktionalität verloren. Was Disco und diese ganze Tradition auch immer gewesen ist. Daß man das nicht nur macht, weil man tolle elektronische Musik macht. Sondern weil man damit diese Heilsbotschaft auch an die Leute vermitteln will. Das habe ich immer auch dafür gemacht, um genau diesen Effekt hervorzurufen.«

Helligkeit.

»Beim Produzieren gibt es dann die Momente, so Wellen, wo die Sachen flutschen, und wo man denkt: ›geil, geil, geil‹ und Spaß hat. Und dann gibt es auch immer die Stellen, wo Sachen anstrengend werden, und wo man sich bemüht. Manchmal bringt das etwas, und häufig bringt es auch nichts.«

Westbam: »Das ist die Erfahrung vielleicht, die künstlerische, daß man möglichst versucht, Sachen in Fluß zu halten. Und zu einem Punkt zu kommen, wo man möglichst nur noch den Spaß daran hat, weil dann wird es eigentlich immer am besten. Aber man kriegt es doch leider, auch über die Jahre, trotzdem nie immer hin. Sondern man bemüht sich darum eigentlich letztendlich, die Bemühung letztlich zu unterlassen.«

Chicago Tribune

DJ KIT
2
HANDLE WITH CARE
SF 181

## III

Der Argumente-Erzähler spricht. Er beobachtet seine Gedanken-Maschinerie in sich bei der Arbeit, als würde er das von ihr produzierte Resultat selbst mit einem gewissen Amüsement entstehen sehen. In weitgespannten Parenthesenetzen, mit Rissen, Fetzen, Widersprüchen und dauernd nachfassenden Selbsteinschränkungen bringen die Gegenstände so vorallem eine bestimmte gedankliche Bewegung hervor; der folgt das Gesagte; und im Zuhörer entsteht insgesamt so ein Gefühl von Kohärenz und Einverstandensein: ja genau, so ist es, stimmt.

Frage: Die Art, wie du über Musik denkst, ist extrem intellektuell, oder?

Westbam: »Ja ich meine, wenn man denkt, glaube ich, wenn ich anfange zu denken, wird es naturgemäß immer intellektuell, oder? Aber bestimmt ist das auch einer der Züge in meiner Musik: daß diese Intellektualität da hineinspielt; und bisweilen auch die Dance-Effekte bis auf Null hinunterbremst.

Ein Beispiel ist für mich ›No More Fucking Rock'n' Roll‹, wo der Gedanke meiner Meinung nach richtig war. Nämlich der Gedanke: man will keinen Rock'n' Roll-Scheiß von früher haben. Aber man will die Sounds des Rock'n' Roll herausdestillieren, die Frequenzen, die die Leute angekickt haben am Rock'n' Roll. Und das in diese House-Form hineingießen, um damit die Rock'n' Roll-Energie zu erzeugen, aber mit House-Mitteln. Das ist für mich das, was später ›Gabba‹ letztendlich vollzogen hat. Ich habe das damals richtig gedacht, aber ich konnte es nicht richtig umsetzen.

CAUTION CONSTRUCTION

Ein anderes Beispiel wäre für mich ›Do it in the Mix‹. Wo ich auch ein dermaßenes Chaos einfach nur veranstaltet habe, eigentlich eine Parodie. Ich habe da immer Kommentare darüber, wie man es macht, und wie man es nicht machen sollte, beim Mixen. Dann habe ich da so disharmonische Mixe und irgendwelchen Krach hineingespielt. Das habe ich so überzogen, daß man dazu wirklich nicht mehr tanzen kann und auch nicht mehr hüpfen. Das ist dann nur noch ein Hörspiel eigentlich. Obwohl ich eigentlich kein Hörspiel machen wollte, sondern Tanzmusik. Aber das Konzept war da zu sehr im Vordergrund.

Es gibt andere Beispiele, wo sich das auf eine ganz überraschende Art, glaube ich, befruchtet hat. Zum Beispiel gibt es da diese ›Alarm Clock‹-Platte, die für mich eine der sozusagen am schrägsten herausstehendsten Platten ist. Die ist zum Teil auch schon aus so einer theoretischen Überlegung heraus entstanden: mit so Rockelementen, dieser ›Gang of Four‹-Gitarre und diesem ›Klingeling‹ zu arbeiten. Aber da hat es trotzdem dancefloormäßig noch hingehauen. Das ist dann natürlich immer sehr erfreulich.«

Frage: »Mit Intellektualität war vorhin natürlich auch nicht gemeint, daß man, wenn man denkt, unweigerlich intellektuell denkt. Sondern mehr, daß du in der Art, wie du die Party erlebst, nicht in erster Linie selber ausflippst. Daß schon die Rezeption bei dir ein sehr intellektueller Vorgang ist. Die Rezeption des Tobens könnte ja auch erst einmal über das eigene Toben gehen.«

Westbam: »Ja, nein, das stimmt. Ich habe mich immer mehr als den Beobachter gesehen. Ich stehe da nicht als der Tänzer. Ich stehe da eher als der Beobachter und denke mir dann so meinen Teil. Ich weiß, daß ich im ›Linientreu‹ gestanden bin und da lief so ein New Wave-

Elektronik-Zeug, und ich dachte: wäre das nicht schön, wenn ich so eine Platte gemacht hätte und die würde jetzt hier laufen. Die Leute würden toben, aber ich würde hier einfach nur stehen und dadurch, daß ich das sehe, Teil dessen werden; nicht dadurch, daß ich selber da herumspringe oder herumschreie.

Wobei ich immer auch ein bißchen so mitbounce. Gerade im Studio, ich probiere das auch immer aus. Ich hüpfe im Studio die ganze Zeit herum. Völlig körperlos geht das wahrscheinlich nicht. Aber es stimmt schon, daß es von der Tendenz her eher so ist, daß ich eher einen intellektuellen Zugang dazu habe.

Intellektuell ist allerdings vielleicht das falsche Wort. Ich spüre ja auch diese Euphorie. Die Euphorie ist nichts Intellektuelles, diese Ekstase. Die will ich auch erleben. Das ist kein intellektueller Vorgang. Ich springe da nicht herum und bin trotzdem voll Teil des Ganzen. Aber über die Augen und über das Gehirn.«

## IV

Die Party und die Arbeit des DJ: Davon geht Westbam aus, das ist das musikalisches Credo von Techno, dahin kehrt er immer wieder zurück, bei fast jeder Überlegung, auch in diesem Gespräch.

Mit 19 schrieb er den – wie man heute sagen muß – programmatisch-visionären Text: ›Was ist Record Art?‹ Und im jüngst erschienen Booklet zur 10-Jahres-Compilation von ›Low Spirit‹ beginnt er seine locker auferzählte Geschichte dieser Jahre mit dem Satz: »1984 fing ich an, im Metropol aufzulegen.«

Seine Erfahrungen als DJ hat Westbam in vielen Näch-

CREW

CREW

Los Ange
Bank

LG
semiconductors · chemicals
ADULT
BKS

ten seither immer wieder neu hervorgebracht und bearbeitet, außerdem nebenher in eigenen Texten reflektiert, und vorallem in einen faszinierend stetigen Strom eigener musikalischer Produktion eingebracht.

Westbam: »Also die großen Erfolge waren, aber was heißt ›große Erfolge‹, also nicht sehr große, aber im Verhältnis doch große Erfolge waren: ›And Party‹, ›The Roof is on Fire‹, ›Celebration Generation‹, ›Wizards of the Sonic‹. Sonst noch etwas? Ich glaube, das waren sie. Vier Singles. Von sechzig Platten, die ich gemacht habe oder so.«

Das Projekt, wie es sich bis heute darstellt, ist eigentlich ohne Vergleich. Ob man die Engländer nimmt, wie etwa Adamski, A Guy Called Gerald oder Tim Simenon, die unter ähnlichen Bedingungen gestartet sind, oder die großen amerikanischen House-Legenden wie Kevin Saunderson und Juan Atkins: keiner hat so konsequent und erfolgreich diese Stelle des Übergangs behandelt, wo Dance- und DJ-Musik übergeht in Pop-Kultur. Alle sind sie entweder hängen geblieben im Insider-Interessantizismus des Undergrounds, oder beim Versuch des Crossovers in den Pop fürchterlich verunglückt, wie zuletzt zum Beispiel Moby.

Interessant an dieser Übergangsstelle sind natürlich die Widersprüche, Gleichzeitigkeiten, die zerreißenden Kräfte.

Techno: Abschied vom Terror der Tonalität, dem Knast der Akkordwechsel in Kadenzen. Diesen alten Traum der Frühmoderne, für den sich angeblich ja auch der sogenannte Jazz interessiert hat: erst Techno hat das musikalisch wirklich plausibel gemacht und popularisiert. Musik, die nochmal ganz am Anfang anfängt und alles, jedes Element, neu erfindet. Das ist das Irre, stumpf und naiv, geschichtlos, größenwahnsinnig – und eben wirklich auch groß.

Von daher hatten gerade die Meisterwerke der Gattung eine Art Minimalismus-Steigerung betrieben, eine immer weiter radikalisierte Zuspitzung der Reduktion: schließlich nur noch auf einem Ton, auf einem Groove und vielleicht ein paar Geräuschen herumhämmern und -hauen und dabei absolut tolle Musik machen: entgegen allen skeptischen Prognosen geht das immer weiter.

Im Steigerungsmoment liegt die Verbindung zu Westbams innovativem Maximalismus.

»Ich hatte vor ein paar Jahren«, sagt er, bezogen auf seinen jüngst neu veröffentlichten E-Klassiker, ›Let yourself go‹ im Endlosmix, »den Gedanken einer anderen psychedelischen Musik: nämlich daß Acid wegkommen muß von diesem strengen Sound-Setup mit der 303. Darauf sind die Leute damals leider echt herumgeritten. Das checken die meisten mittlerweile, Gott sei Dank, daß psychedelische Musik nicht daran gebunden ist, sich bis ultimo an diese drei Instrumente zu halten, mit den immer gleichen Modulationen, Beats und Sounds. Also da ist Minimalismus wirklich ein anderes Wort für Stumpfsinn.

Man kann ja auch andere Sachen modulieren, um diesen psychedelischen Effekt zu erzielen. Ähnlich dachten ›Basic Channel‹, aber auch ›Basic Channel‹ haben den Wechsel nicht gebracht. Das war wieder einmal der zweite, nämlich Dave Clark. Der hat diesen Sound dann praller gemacht und das Ganze wieder dancemäßiger und partymäßiger gemacht. Dadurch ist die Acid-Musik ein bißchen reformiert worden. Das war jetzt vor einem Jahr. Da muß man wirklich dankbar dafür sein.«

Westbam: »Ich habe mich immer gefragt, warum die Leute so langsam sind. Es ist ja auch faszinierend, es ist ja auch toll. Dadurch entwickelt sich eine Sache natürlich auch schön, über die Jahre. Aber daß man wirklich von 87 an, wo diese Acid-Idee ganz klar formuliert ist durch Acid-Tracks von ›Phuture‹, bis 1993 braucht! Man brauchte also wirklich fünf Jahre, ein halbes Jahrzehnt. Praktisch auf diesen drei Sounds, auf drei Sounds muß ein halbes Jahrzehnt herumgebohrt werden, bis sich die Leute davon lösen können. Und sehen können, was das Übergreifende, die übergreifende Idee dessen ist. Das ist für mich rätselhaft. Aber irgendwo auch faszinierend.«

Außerdem, neben diesem umfassenden musikalischen Selbst- und Neuerfindungs-Fundamentalismus, hat Techno im Raum der Sprache gearbeitet und dort bekanntlich das Diktat der auktorialen Erzählung durch einen die Musik immerzu mit sprachlicher Mitteilung und dem Gestus des Expressiven behelligenden Text abgeschafft. Gerade anfangs, 1988, beim ersten Acid-House-Boom, kam einem das wie eine Erlösung vor. Kein Rock-Geschrei, kein Rap-Teaching mehr: das pure Parlament der vielen Stimmen eines kollektiven Glücks: Monotonie und Einzelworte, Fetzen, Reste.

Nichtkohärenz, Nichttext. Danke.

Pop hingegen – und hier kann man den in vielen Diskursjahren eroberten Beschreibungs-, Analyse- und Theorie-Rahmen, alles zwischen Pauline Kael und Neil Tennant, als bekannt annehmen – war immer narrativ und harmonisch.

Und was wäre also jetzt, wenn man beides will? Also Tracks machen, die aus dem House- und Techno-Underground kommen, dort auch noch funktionieren und das heißt auch: das dortige noch mit weiterentwickeln; und die doch zugleich einem unesoterischen Publikum so zugänglich wären, daß sie sogar in die Charts gehen könnten. Wer stellt sich wirklich diesem Problem, außer Westbam?

XL

Vielleicht muß man zurückgehen bis zu Kraftwerk.

Westbam: »Kraftwerk werden von allen ja immer ins Feld geführt. Sie waren eben mit die ersten, die elektronische Tanzmusik in die Charts gebracht haben. Das Wort ›Techno-Pop‹, was auch mir gegenüber als Schimpfwort eingesetzt wird, ist ja von Kraftwerk geprägt: ›Music non-stop, Techno-Pop‹. Das ist doch großartig.

Ein anderes Wort, das sie hatten, ist ›Elektronische Volksmusik‹. Was Kraftwerk natürlich nicht durchsetzen konnten. Was aber dann genau die House- und Techno-Bewegung wurde. Wo jeder seinen kleinen Sampler zu Hause hat und einen Dance-Track machen kann. Wo sich die Leute zu Hause gleich etwas wegsamplen und das weiterprozessieren und damit wieder selber was machen. Die letzte große Volksbewegung.

Die vorletzte Mayday-Compilation: 230 000 Leute haben sich die gekauft. Wenn man sich die Musik da anhört: daß sozusagen das Geräusch zur Folklore wird. Was das Große ist, was diese Musik auch ausmacht. Und das Neue ist heute, daß es heute eine Massenkultur geworden ist. Das ist genau das, was die letzten zwei, drei Jahre wirklich spannend war an der Musik, für mich.«

Musikalisch formuliert ist das in ›Celebration Generation‹ und ›Wizzards of the Sonic‹. Das waren Westbams Singles dieser Zeit. Sie führten das weiter, was ihm seit 1989 immer wieder gelungen war, zuerst mit ›And Party‹, dann mit ›Hold me Back‹, mit ›I can't stop‹ und zuletzt mit ›Always Music‹: Musik zu produzieren, in der die Party einer bestimmten Zeit auf den Punkt kommt und kulminiert.

Gleichzeitig hat er als DJ manchmal kontrapunktisch heftig gegen sich selbst und überhaupt gegen allzuviel Einverständnis angebrettert. Die sogenannte Szene hat er

ANDY
WARHOL

in seinen Sets immer wieder mit einer geradezu giftigen Heiterkeit verhöhnt; und sich so ausgesprochen gegen die Idee der Family, die beim Feiern am liebsten unter sich bleiben will. Dabei hat er insgesamt mit langem Atem und großer Logik eine Linie der Härte vertreten, die in besten Momenten alles in einem war: experimentell und ordinär.

## V

Besonders schön: Westbam hat sich nie weiterentwickelt. Das hat etwas Königliches an sich.

Vielleicht kommt die Schönheit ja einfach gerne reich und fertig auf die Welt. Es gehört allerdings ein ziemliches Format dazu, sich dafür bereit zu halten. Beim Intellektuellen besteht die simple Schwierigkeit darin, wie man sich, dauernd denkend natürlich, von den eigenen Gedanken frei machen kann. Denken als Hirnblankifizierung, Trottelei als Utopie, Gedankenvernichtungsdenken undsoweiter. Hat vorhin irgendeiner was von Bernhard gesagt? Harald Schmidt? Heiner Müller? Vielbesungene Fragen. Die Antwort ist geblasen in den Wind – oder wie hieß das?

Dieser Geistesvorgang bringt jedenfalls eine bestimmte Art von bösartig-zynischem Humor hervor, ein gewisse Melancholie und Arroganz, Frechheit, viel Zerstörerisches und so eine komische Detail-Präzision. Wille zum Glück. Und ohne Milde, die von irgendwoher kommen muß, geht gar nichts.

Letzlich ist die Problemstellung politisch: die Selbstbefragung des Einzelnen nimmt ihr Maß am Kollektiv. Alle wissen mehr als jedes eine Ich: das ist der immer wieder neu absurde Theorie-Horizont, unerreichbar. Das ist die Wahrheit, die man der Wirklichkeit ablesen und doch kaum je wirklich in sich denken kann. Dieses Problem heißt Pop. Das ist Demokratie.

Westbam: »Jetzt muß man aber dazu sagen: Ich habe schon immer auch diesen Hang zur Pop-Culture gehabt. Die Flucht aus dem Kulturdings in dieses Banal hinein. Aber daß man sozusagen das geile Banale und das Geile der Pop-Culture und dieses prolligen Abfahrens: daß man davon weg will, und eigentlich in so ein Guggenheim Museum oder sonst etwas hinein will: das ist genau die Bewegung, die die meisten Leute eher haben. Und da bewegen sich die Sachen in verschiedene Richtungen.

Wobei ich ja trotzdem – ich habe dann doch immer – oder vielleicht ist das auch eine Lebenslüge – aber immer schon die Tendenz, das – wenn ich es weiterdenke – immer wieder als wahre Kultur und die wahre Kunst auch zu sehen.«

Absolut.

»Aber dadurch, daß es banal sein will, daß es nicht ins Museum will, sondern hinein in die Charts letztendlich.«

»Über gelungene Arbeiten freut er sich sehr«, sagt Westbam gegen Ende des Interviews auf die Frage, was denn eigentlich der größte Spaß an dem Ganzen für ihn ist. Wo die Energie herkommt?

»Das stand irgendwo in einem Zeugnis in meinem ersten Schuljahr, als Kommentar. Da war ich jetzt sechs Jahre. Und das ist bis heute so: über gelungene Arbeiten freue ich mich sehr.

Ich bin auch faul und bequem, aber ich arbeite mir trotzdem den Arsch auch ab, auch immer mit dem Ziel der gelungenen Arbeit. Also, wenn eine Platte fertig ist: das finde ich einfach großartig. Wenn dann alles toll ist.

Wenn ein Abend einfach rollt. Dann stehe ich da und grinse und wippe mit und denke ›geil‹. Das ist der Kick, den ich habe, beim Platte machen oder beim Platten auflegen. Da freue ich mich dann.«

Als wir nach fünfstündigen Gespräch aufstanden und hinaus in die Nachmittagssonne gingen, waren die Dinge und alles mal wieder so etwa in Ordnung.

AMUSEMENT TOTAL stand in großen weißen Buchstaben an der weißen Wand in Jürgen Laarmanns Arbeits-Zimmer in den Berliner ›Frontpage‹-Studios: ›Amusement Total. Sans Regret‹. Dabei waren wir geendet. Das wollten wir als Überschrift nehmen.

»Haben wir noch was vergessen, Michi?«

Michi: »Amusement Total.«

Ich: »Was ist dazu noch zu sagen?«

Westbam: »Ja, das Amusement total!«

Allgemeine Heiterkeit.

Draußen gingen wir neben dem Pool auf und ab und redeten weiter.

Alles war so hyperreal hell. Das Bild, die Szenerie, die Situation. Das Manische vorallem. Westbam muß nur einen bestimmten Tonfall annehmen beim Sprechen und redet sofort perfekten Bernhard-Text daher. Er kann ganze Bücher von Bernhard auswendig. Übertreibung, Verzweiflung, Absurdität, mit Bernhardscher Lust ergeht er sich in Bernhardschen Abgründen der Existenz.

In der Höhe.

Rettungsversuch, Unsinn.

Lacht.

石野卓球
SHINO

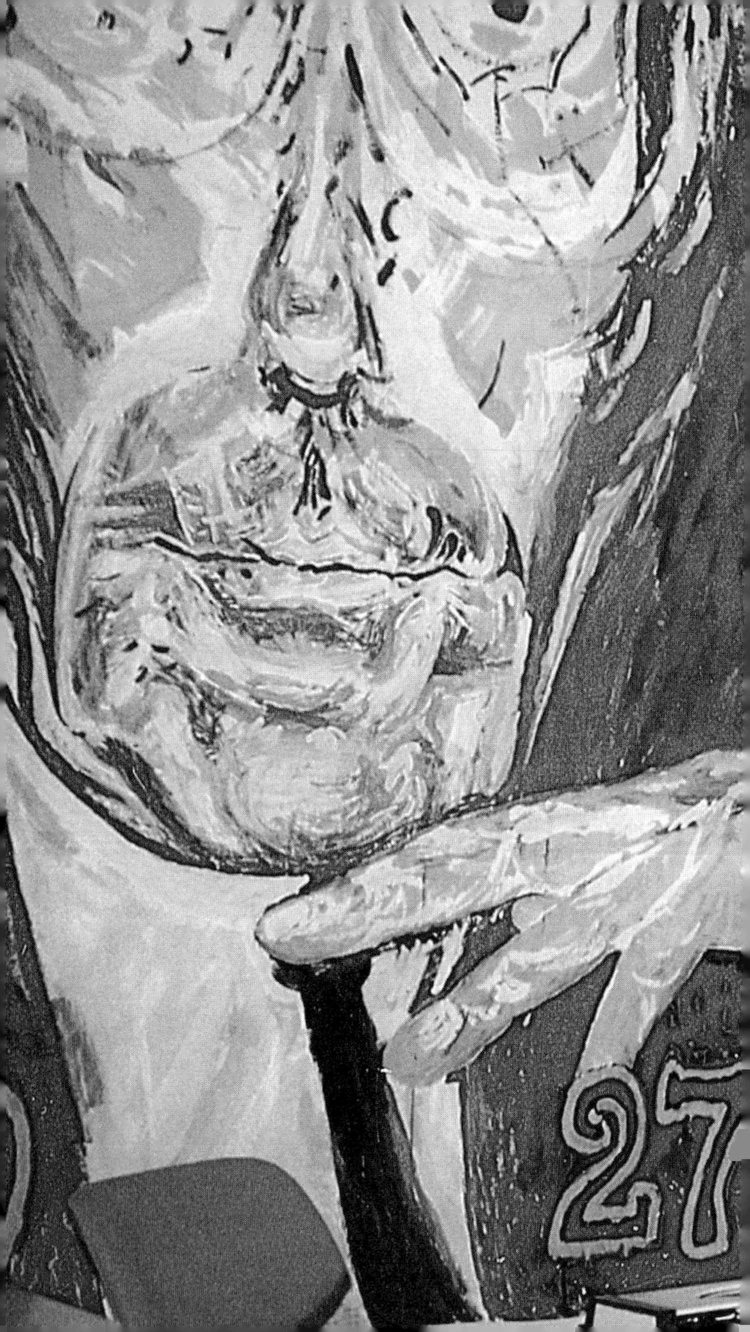
27

MAYDAY

# Frankfurter Allgemeine

ZEITUNG FÜR DEUTSCHLAND

Freitag, 9. Oktober 1998, Nr. 234/41 R *

Herausgegeben von Jürgen Jeske, Hugo Müller-Vogg, Günther Nonnenmacher, Johann Georg Reißmüller, Frank Schirrmacher


## José Saramago erhält den Nobelpreis für Literatur

wha. FRANKFURT, 8. Oktober. Der sechsundsiebzigjährige portugiesische Romancier José Saramago erhält den diesjährigen Nobelpreis für Literatur. Das hat das Nobelpreis-Komitee der Stockholmer Akademie am Donnerstag bekanntgegeben. Nachdem Saramago in den beiden letzten Jahren als Favorit für die Auszeichnung gegolten hatte, zählte er in diesem Jahr nicht mehr zu den Anwärtern. Die bekanntesten der in zahlreiche Sprachen übersetzten Romane Saramagos sind: „Das Memorial", „Im Todesjahr von Ricardo Reis", „Das steinerne Floß" und „Stadt der Blinden". Zuletzt erschien der Roman „Todos os nomes". Saramago, der erst im Alter von fünfzig Jahren zu publizieren begann, hat auch Lyrik und ein Theaterstück geschrieben. Während der Salazar-Diktatur kämpfte er im Widerstand und war Mitglied der Kommunistischen Partei. Nach der Revolution von 1974 arbeitete er als Journalist und war einige Jahre Präsident der Lissabonner Stadtverordnetenversammlung. Saramago ist der erste Autor portugiesischer Sprache, der den Nobelpreis erhält. (Siehe Feuilleton.)

## Fischer will im Auswärtigen Amt nicht nur ein „Grüßonkel" sein

**Gegen eine Einschränkung der Kompetenzen / Lafontaine bestätigt Pläne für erweitertes Finanzministerium**

elo. BONN, 8. Oktober. Der als Außenminister in Aussicht genommene Grünen-Politiker Fischer befürchtet offenbar, von der SPD unzureichende Zuständigkeiten zu bekommen. Nachdem diese Zeitung berichtet hatte, der SPD-Vorsitzende Lafontaine, der für das Amt des Finanzministers in Frage kommt, wolle dem Auswärtigen Amt die Zuständigkeit für die Europa-Politik wegnehmen und sie dem Bundesfinanzministerium zuschlagen, wehrte Fischer sich am Donnerstag gegen solche Überlegungen. In der Umgebung des Grünen-Politikers, der bislang die Bundestagsfraktion seiner Partei führt, hieß es, Fischer gehe nur „als vollständiger Minister" ins Auswärtige Amt. Es sei nicht vorstellbar, daß er ein „derart kastriertes" Amt übernähme. Es gebe eine „andere Geschäftsgrundlage". Fischer habe von Lafontaine und dem zukünftigen Kanzler Schröder die Zusage, daß er ein vollständiges Außenministerium übernehmen werde.

Lafontaine bestätigte unterdessen am Donnerstag abend, daß die Aufgaben des Bundesfinanzministeriums erweitert werden sollen. In Zukunft solle das Ministerium so wie die Finanzressorts der anderen großen Industrieländer gestaltet werden, sagte er dem ZDF. So sei Deutschland bisher bei internationalen Treffen mit bis zu drei Ministern angereist, während bei den anderen Staaten lediglich die Finanzminister teilgenommen hätten. Diese Zersplitterung der Zuständigkeiten werde es künftig nicht mehr geben. Der SPD-Vorsitzende nannte keine Einzelheiten, um welche Aufgaben das Finanzministerium erweitert werden soll.

Obwohl es in der Umgebung Fischers heißt, die Verabredung zwischen ihm und der SPD-Führung bestehe unverändert fort, läßt die Heftigkeit von Fischers Reaktion vermuten, daß er ernsthaft befürchtet, die SPD könne die Grünen beim Zuschnitt des Auswärtigen Amtes benachteiligen wollen. Fischer, so hieß es am Donnerstag, fühle sich für „gehobenes Protokoll" nicht zuständig. Den „Grüßonkel" wolle er nicht abgeben. Die Europa-Politik sei eine der „Kernkompetenzen" des Auswärtigen Amtes. In der Grünen-Führung geht man davon aus, daß der SPD-Außenpolitiker Verheugen als Staatsminister ins Auswärtige Amt geht. Man habe Informationen, daß nicht Verheugen, sondern der Fraktionsvorsitzende der SPD, Scharping, das Verteidigungsministerium übernehmen werde.

Würde eine neue Bundesregierung die Europa-Abteilung aus dem Auswärtigen Amt herausnehmen, stünde sie damit allein in den Staaten der Europäischen Union. In den anderen Mitgliedsländern sind die Außenämter für Europa zuständig. Von Bundesaußenminister Kinkel ist bekannt, daß er schon mehrfach vor einer Ausgliederung der Europa-Zuständigkeiten aus dem Auswärtigen Amt gewarnt hat.

Fischer ist am Donnerstag abend mit Schröder nach Washington geflogen. Dort werden beide mit dem amerikanischen Präsidenten Clinton unter anderem über die Lage im Kosovo sprechen. Fischer wird von dem Außenpolitiker Volmer begleitet, der zum linken Flügel der Bundestagsfraktion von Bündnis 90/Die Grünen zählt. Dabei dürfte es sich um den Versuch handeln, die Ergebnisse des Gesprächs mit Clinton leichter dem linken Parteiflügel der Grünen zu vermitteln. (Fortsetzung Seite 2, siehe Seiten 3 und 6.)

## Lafontaines Absichten

**Nm.** Das Risiko, das ein von den Grünen gestellter Außenminister birgt – nicht wegen der Person Fischers, sondern mangels außenpolitischer Verläßlichkeit seiner Partei –, ließe sich dadurch minimieren, daß man dem Auswärtigen Amt Zuständigkeiten entzöge und den künftigen Amtsinhaber zum Grüßaugust degradierte, der internationale Fototermine wahrzunehmen hätte. Das wäre die staatstragende Interpretation von Lafontaines Absicht, das Finanzministerium, dem er vorstehen wird, mit Kompetenzen auszustatten, die bis jetzt im Außenamt (und im Wirtschaftsministerium) angesiedelt sind. Plausibler ist eine andere Interpretation: Lafontaine will in der künftigen Bundesregierung nicht nur eine Position besetzen, bei der es ihm gleichgültig sein kann, wer unter ihm Bundeskanzler ist; es soll auch keine Rolle mehr spielen, wer ersatzweise den Außenminister mimen darf.

Bezeichnend dafür ist vor allem der Anspruch, weitere Zuständigkeiten in der Europa-Politik in das Finanzministerium zu ziehen. Die Außenminister (nominell die führenden Vertreter der Mitgliedstaaten im Rat) haben ohnehin an Gewicht verloren in einer Europäischen



## SPD und Grüne noch uneins über Steuerkonzept

**Lafontaine: Keine endgültigen Festlegungen / Neuberechnungen notwendig**

hig. BONN, 8. Oktober. SPD und Grüne haben sich in der dritten Koalitionsrunde noch nicht auf ein gemeinsames Steuerkonzept einigen können. „Erst muß noch einmal alles durchgerechnet werden. Es gibt keine endgültigen Festlegungen", sagte der SPD-Parteivorsitzende Lafontaine nach Abschluß der vierstündigen Verhandlungen am Donnerstag abend. Von der Sache habe man sich mit der Reform der Einkommensteuer und der ökologischen Steuerreform „einen schwierigen Teil" vorgenommen. „Wir sind ein gutes Stück vorangekommen", berichtete Lafontaine über das Gespräch, das zuletzt ohne den künftigen Kanzler Schröder und den Fraktionssprecher der Grünen, Fischer, geführt wurde, die zu einer Reise nach Washington aufbrachen.

Bei der Einkommensteuer stimmten SPD und Grüne darin überein, Arbeitnehmerfamilien im Schnitt um 2500 Mark zu entlasten, sagte Lafontaine. Der Eingangsteuersatz werde abgesenkt, denn er sei eine Schlüsselgröße, um Schwarzarbeit zu bekämpfen. Angehoben werden solle der steuerliche Grundfreibetrag, weil dies ein verfassungsrechtliches Gebot sei. Auch das Kindergeld werde angehoben. Beim Spitzensteuersatz werde „im Rahmen des Möglichen" ein Ziel angestrebt. Vor der endgültigen Festlegung müsse alles noch einmal geprüft werden. Am Ende werde eine Entlastung von zehn Milliarden Mark stehen.

„Ein Stück weiter" seien die künftigen Koalitionspartner auch bei der Senkung der Unternehmensteuern, geplant sei die Senkung der gewerblichen Einkommensteuer und der Körperschaftsteuer. „Wir werden die große Einkommensteuerreform umsetzen", versicherte Lafontaine. Verständigt habe man sich auch darüber, in dieser Legislaturperiode die ökologische Steuerreform in Angriff zu nehmen. „Da oder dort" habe es über einzelne Schritte jedoch Diskussionen gegeben, sagte Lafontaine. Die unterschiedlichen Auffassungen der Verhandlungspartner über Energiepreise seien ja bekannt.

Der Vorstandssprecher von Bündnis 90/Die Grünen, Trittin, nannte als Ziel der Verhandlungen die Senkung der Lohnnebenkosten (Sozialbeiträge) von 42,3 auf weniger als 40 Prozent. In welchem Umfang dies durch die Erhöhung der Mineralölsteuer und durch die Einführung von Energiesteuern finanziert werden soll, sei noch nicht festgelegt. „Wir rechnen ein ganzes Paket von Mineralöl- und Energiesteuern durch", sagte Trittin. Bei der Einkommensteuer werde es keine unseriösen Versprechungen geben. Sie solle im nächsten Jahr begonnen und voraussichtlich in drei Stufen umgesetzt werden. „Wir wollen die Steuersätze auf der ganzen Linie senken", hob Trittin hervor. Bei der Gegenfinanzierung seien sich SPD und Grüne über eine Liste von 65 Punkten einig, 30 Steuervergünstigungen sollten ganz wegfallen.

Vor Beginn hatte es auf seiten der Grünen schon die Befürchtung gegeben, daß es nicht zu einer raschen Einigung kommen werde. „Die SPD mauert beim Spitzensteuersatz ganz gewaltig", hieß es nach den mehrstündigen Vorbereitungssitzungen der Finanzarbeitsgruppen Mittwoch nacht und Donnerstag morgen. (Fortsetzung Seite 2.)

## Stoiber gegen

**Von Roswin Fink**

Auch wenn Edmund Stoiber kein Christ wäre, müßte er mit seinem Pfunde wuchern dürfen. Er kommt als Regierungschef ohne Koalitionspartner aus. Sein Bayern zählt mehr Einwohner als Österreich oder die Schweiz. Gemessen an den Bundestagsmandaten, ist die CSU, die er von Januar nächsten Jahres an führen wird, die drittgrößte Partei der Bundesrepublik, größer als die FDP oder die Grünen. Seit der Bundestagswahl verfügt die Union über keinen Politiker, dessen Autorität demokratisch eindrucksvoller beglaubigt wäre als die seine.

Hätte er keine Lust, sich mit einer Bonner Linksregierung anzulegen, könnte er es ohne weiteres bleiben lassen und in Bayern den Landesvater spielen. Er hat aber durchaus Lust dazu, weil er sich sogar in den nun zu Ende gehenden Jahren, in denen er um des lieben Friedens mit Waigel willen auf jedes Parteiamt verzichtete, stets als das gefühlt hatte, was seine Bewunderer einen „Parteisoldaten" nennen. Außerdem ist ihm mit den Wahlen vom 13. und 27. September eine oppositionelle Aufgabe zugewachsen, bei der gerade er kaum so tun kann, als sähe er sie nicht. Viele Personen, auch außerhalb Bayerns, stellen sich schon vor, er wäre eines Tages Bundeskanzler, und werten seine wiederholten Beteuerungen, er habe gar nicht die Absicht, als rhetorische Ablenkungsmanöver. Das spricht zwar noch nicht für die Wahrscheinlichkeit eines Umzugs von München nach Berlin, wohl aber für die Wertschätzung, die ihm entgegengebracht wird.

Rot und Grün wären baß erstaunt, ergriffe er nicht die Gelegenheit beim Schopf, seine Bayerische Staatskanzlei zu einem Widerstandsnest gegen ihre Bonner Politik auszubauen. Renate Schmidt, die SPD-Landesvorsitzende, erinnert sich des Wortes von der „Alpenfestung", das geprägt worden war, als Franz Josef Strauß Front machte gegen die Koalition aus SPD und FDP in Bonn. Als Synonym für den ganzen Freistaat taugt das kämpferisch klingende Wort wenig, denn der Bayerische Wald gehört ebensowenig zu den Alpen wie das Altmühltal oder die Würzburger Weinberge. Doch verstand jeder, was gemeint war, weshalb Frau Schmidt den Ausdruck aus der Mottenkiste holte. Sie sprach allerdings von einer „folkloristischen Alpenfestung". Das Adjektiv verdeutlicht die zu erwartende Stoßrichtung der SPD, falls Stoiber tut, was Freund und Feind von ihm erwarten. Dann wird er eben als Gaudibursch hingestellt, als weißblauer Sonderling, als nicht zu rettender Provinzler. Bei gewissen Anlässen mag derlei wirkungsvoller sein als naseweise Erklärungen wie die, ein Ministerpräsident solle gefälligst nicht seine Kompetenzen überschreiten.

Doch selbst wenn Stoiber so töricht und so unverantwortlich wäre, seinen politischen Horizont an den bayerischen Landesgrenzen auszu-

## Nato-Einsatz wird immer wahrscheinlicher

**Albright mit Belgrads Haltung in der Kosovo-Frage „nicht zufrieden" / Die Gespräche mit Clinton**

fy. BONN, 8. Oktober. Der Einsatz von Nato-Streitkräften gegen Jugoslawien zeichnet sich immer deutlicher ab. Entscheidende Bedeutung kommt dafür nach interner Einschätzung von Nato-Kreisen dem Ergebnis der Gespräche mit Präsident Clinton zu, zu denen der künftige Bundeskanzler Schröder und der künftige Außenminister Fischer am Donnerstag abend nach Washington geflogen sind. Die Kernfrage, die sie dort beantworten müssen, gilt ihrer Bereitschaft, einen Einsatz ohne einen weiteren Beschluß des Sicherheitsrats der Vereinten Nationen (UN) zu unterstützen. In diesem Fall wird erwartet, daß sich das noch amtierende Kabinett Kohl am Montag damit einverstanden erklärt, daß die Nato die Bereitstellungsstufe „Actord" für die Streitkräfte herbeiführt, die an dem Einsatz teilnehmen sollen. Das dafür notwendige Verfahren ist mehrfach untergliedert, so daß vor einer Verlegung der 14 Flugzeuge, die von deutscher Seite hierfür bereitgestellt werden, genügend Zeit bleibt, um den Bundestag um seine Zustimmung zu bitten. In diesem Fall gilt eine Sondersitzung des noch amtierenden alten Bundestages als wahrscheinlich. Nicht ausgeschlossen wird aber auch, daß sich der neue Bundestag unverzüglich konstituiert, um diese Entscheidung selbst treffen zu können.

Clinton unterzeichnete am Donnerstag eine „Aktivierungsanordnung" für die Streitkräfte – ein entscheidender Schritt vor einem amerikanischen Militäreinsatz. In Brüssel kam am Donnerstag Nato-Generalsekretär Solana mit der amerikanischen Außenministerin Albright und dem amerikanischen Sonderbeauftragten Holbrooke zusammen, bevor am späten Nachmittag der Nato-Rat zu einer weiteren Sitzung zusammentrat. „Ich bin nicht zufrieden", sagte Frau Albright an die Adresse Belgrads. Sie sprach von „kosmetischen Gesten", was den Abzug von Soldaten „in einer Fernsehschau" betreffe. Albright sagte, daß ein neues UN-Mandat für einen Militäreinsatz nicht nötig sei. Amerikanische, britische und australische Diplomaten begannen unterdessen mit der Evakuierung ihrer Botschaften in Belgrad.

Der Nato-Rat billigte am Donnerstagabend Detailpläne für Luftangriffe. Das sei aber noch nicht der Einsatzbefehl, hieß es. Zudem erstellte er einen ersten Plan für den Einsatz von Bodentruppen im Kosovo zur Sicherung einer Waffenruhe. Die Planungen über die Stationierung von Heeresverbänden sind politisch noch nicht endgültig diskutiert worden. Insbesondere ist offen, ob die Nato diese Operation allein ausführen oder die Organisation für Sicherheit und Zusammenarbeit in Europa (OSZE) – und damit Rußland, das ihr angehört – sich beteiligen soll. Die Beantwortung dieser Frage könnte sich aus den Gesprächen ergeben, zu denen Holbrooke noch in der Nacht zum Freitag nach Belgrad weiterfliegen wollte. Holbrooke verließ das Nato-Hauptquartier in Brüssel mit Frau Albright nach der Unterredung mit Solana, um in London an der Tagung der Kontaktgruppe teilzunehmen. (Fortsetzung Seite 2, siehe Seite 16.)




Frankfurter Allgemeine Zeitung GmbH
Postanschrift: 60267 Frankfurt am Main
Telefon (069) 7591-0 · Telex 41223
Telefax: Anzeigen 7591-2333; Redaktion 7591-1743; Vertrieb 7591-2280

**Abonnenten-Service: 0180-2 344 677**

50041

4 390295 502201


## Prodi stellt Vertrauensfrage im Parlament

hjf. ROM, 8. Oktober. Der italienische Ministerpräsident Prodi hat am Donnerstag in der römischen Abgeordnetenkammer die Vertrauensfrage gestellt. Er will damit feststellen, ob seine Links-Koalition noch eine Mehrheit hinter sich hat. An diesem Freitag soll über die Vertrauensfrage abgestimmt werden. Die Mehrheit für die Regierung ist ungewiß, seitdem die „Partei der Wiedergründung des Kommunismus" (PRC) am vergangenen Sonntag ihre Unterstützung aufgekündigt hatte. Die PRC ist im Kabinett Prodis zwar nicht vertreten. Ihre Stimmen werden jedoch zur Bildung einer Regierungsmehrheit benötigt. Ein Teil der kommunistischen Abgeordneten unter dem bisherigen Parteipräsidenten Cossutta ist nach wie vor bereit, zu Prodi zu halten – entgegen der vom Politkomitee gebilligten Entschließung des Parteichefs Bertinotti. Durch die „dankbar" empfangene Unterstützung Cossuttas sei seine jetzige Mehrheit fester und geschlossener, sagte Prodi. Er stellte den Kommunisten in Aussicht, daß die Regierung bald die Gesetze über die 35-Stunden-Woche einbringen werde. Auch die von den Kommunisten mißbilligte Kosovo-Intervention betrachtete Prodi zurückhaltend: die Bedingungen für einen militärischen Schlag seien noch nicht gegeben, sagte der Ministerpräsident.

## Statistiker: Bevölkerung wird dramatisch altern

max. BONN, 8. Oktober. Im vergangenen Jahr haben mehr Ausländer Deutschland verlassen als zugezogen sind. Das hat das Statistische Bundesamt am Donnerstag in Bonn berichtet. Dennoch sei die Zahl der Ausländer im laufenden Jahrzehnt deutlich gestiegen: seit 1991 um 1,5 Millionen oder etwa 25 Prozent, wie der Präsident des Bundesamtes, Hahlen, mitteilte. Ende 1997 hätten knapp 7,4 Millionen Ausländer in Deutschland gewohnt; ihr Anteil an der Gesamtbevölkerung habe neun Prozent betragen. In den nächsten Jahrzehnten werde die Bevölkerung in Deutschland voraussichtlich schrumpfen und vor allem dramatisch altern, sagte Hahlen. Heute gehörten 57 Prozent der in Deutschland lebenden Menschen der sogenannten mittleren Generation an (zwischen 20 und 59 Jahren), 22 Prozent seien jünger als 20 Jahre, 21 Prozent 60 Jahre oder älter. Im Jahr 2040 stehen nach den Erkenntnissen der Statistiker denjenigen der mittleren Generation vergleichsweise weniger jüngere Menschen gegenüber (15 Prozent), dafür aber wesentlich mehr ältere (37 Prozent). Während heute auf 100 Menschen der mittleren Generation 38 Personen kämen, die 60 Jahre oder älter seien, würden bis zum Jahre 2040 voraussichtlich 76 ältere Menschen auf 100 Personen zwischen 20 und 59 Jahren kommen. (Siehe Wirtschaft.)

## Kongreß stimmt nächstem Schritt zur Amtsenthebung Clintons zu

F.A.Z. FRANKFURT, 8. Oktober. Der amerikanische Kongreß hat am Donnerstag dem nächsten Schritt zu einem Amtsenthebungsverfahren gegen Präsident Clinton zugestimmt. Das Repräsentantenhaus beschloß eine zeitlich und inhaltlich unbegrenzte parlamentarische Untersuchung, bei der die Vorwürfe gegen Clinton in der Lewinsky-Affäre geprüft werden sollen. Es ist das dritte Mal in der Geschichte der Vereinigten Staaten, daß eine solche Untersuchung gegen einen Präsidenten eingeleitet wird. Sie ist eine wichtige Vorstufe zu einem möglichen Amtsenthebungsverfahren. (Siehe Seite 6.)

## Deutsche Springreiter wieder Weltmeister

oni. ROM, 8. Oktober. Die deutschen Springreiter haben ihren 1994 in Den Haag gewonnenen Mannschafts-Weltmeistertitel am Donnerstag bei den Welt-Reiterspielen in Rom erfolgreich verteidigt. Lars Nieberg (Homberg/Ohm) mit Esprit, Markus Beerbaum (Thedinghausen/Bremen) mit seiner Stute Lady Weingard, Weltmeister Franke Sloothaak (Borgholzhausen) mit Joly Cœur und der dreimalige Olympiasieger und Doppel-Europameister Ludger Beerbaum (Riesenbeck) mit Priamos siegten mit 25,19 Punkten vor Frankreich und Großbritannien.

Panasonic
SONY
THEATRES
SPHERE

REINHEITSGEB
MADE FOR GERMANY
Auf gut deutsch: Neue Shows, neue VJs, neue Musik. Täglich von 14 - 20

Albert Oehlen

# SELBSTPORTRÄT MIT LEEREN HÄNDEN

## Vier Gespräche über Malerei

Wir saßen in New York, in der Lounge des Chinatown Holiday Inns, im ersten Stock. Es war Sonntag, der 29. Oktober 1995. Vor uns lag das Artforum-Heft vom November 94, Seite 67. Ein Interview-Porträt, das Diedrich von Albert gemacht hatte. Darüber wollten wir hier sprechen. Nachmittag, 16 Uhr 41.

R. Da fällt das Wort, gleich am Anfang: »Im Gegensatz dazu wäre mein Anliegen oder mein Projekt eine Autonomie nicht des Künstlers, aber des Bildes herzustellen, das nunmehr ohne Legitimation auskommen muß«. Dieses Thema taucht im Verlauf des Interviews immer wieder auf. Ich habe gedacht, das müßte korrigiert werden. Und du hast dann mal gesagt, daß ich das mißverstanden hätte.

A. Ja, mißverstanden vielleicht nicht, aber daß ich mich da unklar ausdrücke. Die Frage ist, ob ich mich da überhaupt klar ausdrücken kann. Ich habe mir das ja eigentlich nicht ausgedacht, sondern das ist ein Bedürfnis, das da plötzlich aufgetaucht ist, und das taucht ja da, wo es auftaucht, nicht gleich perfekt formuliert auf.

R. Dann versuche doch, das mal zu präzisieren. Was ist das für ein Bedürfnis?

A. Das Bedürfnis, bestimmte Lesweisen auszuschließen, weil sie blöd und abgedroschen sind.

R. Lesweisen wie was zum Beispiel?

A. Lesweisen wie zum Beispiel, haben wir hier, im Artforum von diesem Oktober: eine Jana Sternbak trägt ein durchsichtiges Hemdchen mit Haaren drauf. Jetzt weiß ich zufällig, das habe ich irgendwo gehört, ›the hairy shirt‹, das ist ein amerikanischer Ausdruck für ›den schweren Weg gehen‹, anstatt den leichten.

R. Echt?

A. Und jetzt ist das eine Frau, und die trägt das hairy shirt und die geht den schweren Weg, typisch Frau, typisches Frauenschicksal. Aber untypisch ist, daß sie, eine Frau, Haare auf der Brust hat. Da soll man sich jetzt an diesem Widerspruch erfreuen. Also das zum Beispiel ist eine Sache, die ich völlig uninteressant finde, über Sprichwörter zu arbeiten. Also den Umweg über Sprache zu machen. Den bewußten Umweg über Sprache finde ich völlig bescheuert. Daß Sprache präsent ist im Denken, daß das künstlerische Denken in irgendwie sprachlichen Ordnungsschemata funktioniert, das vermute ich.

R. Aber du hast doch mal gesagt, man malt ein Bild und hat dazu einen bestimmten Begriff im Hinterkopf.

A. Das sind die Begriffe, die einem auch tatsächlich einfallen, wenn man ein Bild sieht und nicht analysiert, sondern einfach wahrnimmt, was einem dann einfällt, wie zum Beispiel ›das ist Geschmiere‹.

R. Aber wie ist da die Verbindung zu der Idee der Autonomie? Das ist ja eigentlich das Gegenteil, wenn Sprache auf eine egal wie entfernte Form präsent ist, dann ist es ja ein Verbindendes, ein genau nicht autonom Machendes.

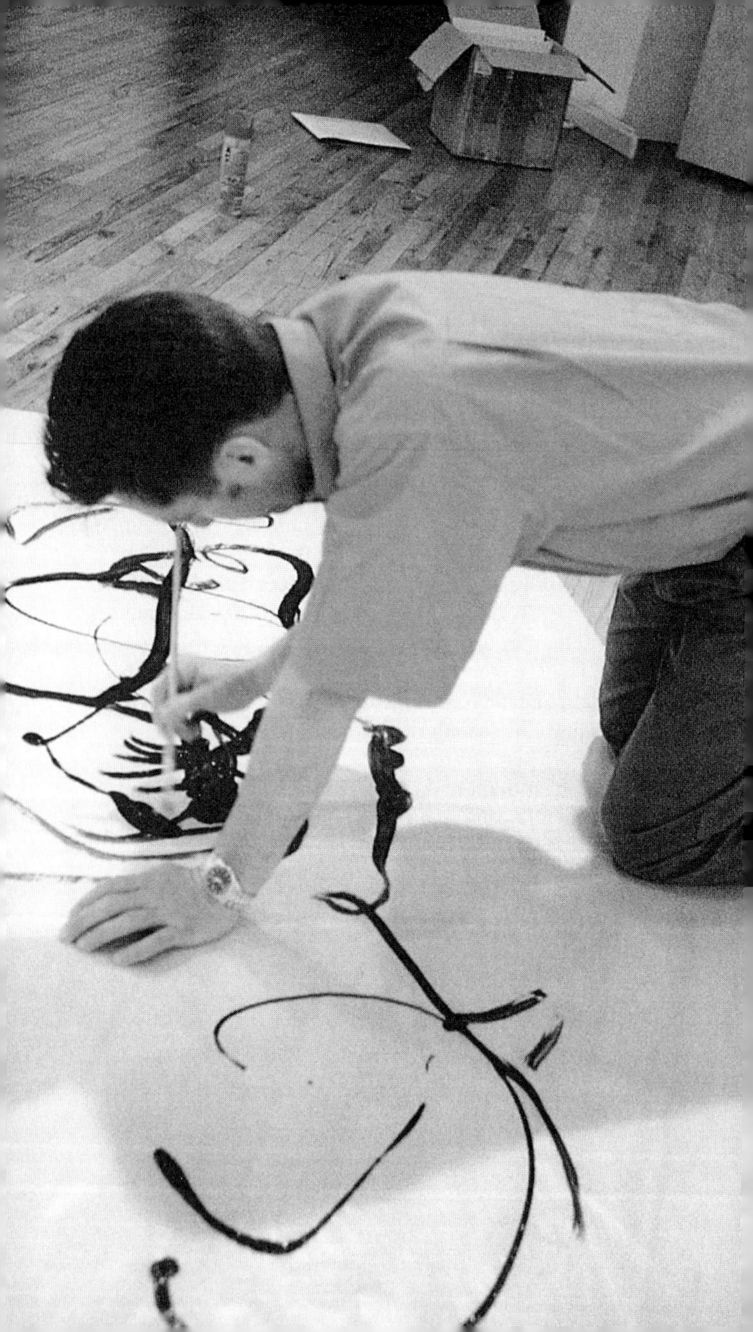

A. Nein, wenn das eine Bestandteil des anderen ist und davon nicht zu trennen wäre, dann würde es ja noch autonom sein.

R. Aber warum willst du denn überhaupt autonom sein? Wie kann man auf die Idee kommen, daß eine Sache, die man in die Welt setzt, autonom sein soll? Man will doch auch selber nicht autonom sein, oder willst du selber autonom sein?

A. Ja, da ist jetzt die Frage, ob ich das Wort richtig benutzt habe.

R. Was meinst du denn damit?

A. Kein Vorwegnehmen von Interpretation, also Bedeutung. Daß etwas nicht Bedeutung ist, sondern daß etwas was IST. Also, daß man nicht sagt, die Farben sind traurig, weil die Farben sind nicht traurig.

R. Aber warum hat man überhaupt ein Problem mit irgendwelchen Umwegen, die das Kunstwerk nimmt in der Rezeption? Das finde ich einen, auf jeden Fall problematischen, vielleicht sogar falschen Kampf.

A. Ich mache der Rezeption ja keinen Vorwurf, weil die das ja sowieso tut. Man wird natürlich das Bild traurig oder lustig finden. Und du wirst es nicht verhindern können, daß, wenn bestimmte Leute Braun sehen, daß die das traurig finden oder schmutzig. Obwohl das irgendwie schade ist.

R. Ich kann nicht verstehen, daß Malerei, die so stark Malerei ist wie deine, noch eine extra Betonung darauf legen will, daß sie nur Malerei ist, und nichts anderes. Es müßte doch der gegenteilige Impuls in der Malerei bestehen.

Das war mein Einwand: daß man so antiautonom wie möglich, mit so vielen Verbindungen, mit so vielen Mißverständnissen auch, mit so vielen Interpretationsmöglichkeiten wie möglich arbeitet, um aus diesem Kunstknast, in dem die Bilder einfach drin sind, auszubrechen.

Gerade wenn sie eben nicht, so wie bei Kippenberger, gemalte Konzept-Kunst-Bilder oder so etwas sind, sondern wirklich Malerei. Dann sind sie automatisch in so einem irrsinnigen Ghetto drin. Und warum soll man das noch zusätzlich bejahen wollen? Das verstehe ich nicht. Da ist es doch nicht SCHÖN da.

A. Das sehe ich genauso. Es geht aber um den gewollten Inhalt, den man haben könnte. Natürlich wird interpretiert und es gibt Bezüge zu allem, aber ich will keinen Sinn herstellen, zum Beispiel.

R. Warum nicht? Es ist doch auch dagegen nichts einzuwenden. Man stellt automatisch, permanent in seinem Leben unweigerlich Sinn her. Egal, ob man versucht, etwas zu verstehen, wenn einer etwas sagt, es ist dauernd eine unausweichliche Maschine am Rattern. Das kann man eine Zeitlang als künstlerisches Konzept ansehen, darauf hinzuweisen, indem man diese Maschine unterläuft. Aber es kann doch nicht wirklich ein Ziel der Malerei an sich sein, daß man keinen Sinn herstellt. Im Gegenteil.

Man will Kommunikation, Verbindung, Antiautonomie und selbstverständlich Sinn, Argumente, Politik. Deswegen sträubt sich so vieles bei mir an diesem Interview, speziell an dem Begriff ›Autonomie‹. Weil ich das die Falle der reinen Kunst an sich finde, in die alle diese Leute, die so hochgradig reine Kunst machen, immer wieder reingeraten. Und ich immer denke, ja, wie kann so etwas passieren? Wie kann man allen Ernstes dieses wollen?

A. Das verstehe ich schon, aber man unterscheidet doch mehr oder weniger, von welcher Seite man auf das Bild zugeht. Ob man jetzt etwas figürlich hinmalt oder nicht zum Beispiel.

R. Absolut. Das ist ja auch einer unserer alten Streitpunkte. Genauso wie du gestern gesagt hast, Büttner traut sich noch nicht einmal etwas anderes zu malen als eine Paprika und einen stilisierten Neger oder eine Leiter, Paprika und Leiter. So finde ich, daß das Problem mit der Nicht-Gegenständlichkeit zu Ende behandelt ist für mich, in deiner Malerei.

Ich finde, daß du quasi nicht mehr an das Publikum denkst in deiner Arbeit. Und deswegen kommt auch so eine Idee wie mit der Autonomie zustande. Da du interne, sowohl Kunst-interne wie dir-interne, du- und deine-Malerei-interne Probleme –

A. Das ist die Frage, ob nicht alles Malerei-interne Probleme hat ab dem Moment, wo man malt. Früher haben wir das immer bewundert, wenn es gelungen ist, die Malerei völlig zu ignorieren, oder zu behaupten, man würde die Malerei-internen Probleme ignorieren.

Also, wenn Immendorff ein politisches Plakat auf Leinwand gemalt hat. Aber da ist ja der Widerspruch schon drin enthalten, denn das politische Plakat wäre verschwunden, geblieben ist das Ding auf Leinwand. Einfach, weil es auf Leinwand war und weil es an einen Galeristen verkauft wurde und nicht mit Leim irgendwohin geklebt wurde. Und zusätzlich auch, weil das eine Frechheit beinhaltet hat und auch eine Frage an die Kunst, eine Provokation, die fruchtbar war.

R. Das ist eh klar.

A. Also, die Zumutung an die Kunst durch Inhalt. Das verjährt aber, weil du es nicht weitermachen kannst. Das bleibt als einmalige Provokation großartig da stehen. Es ist aber kein Rezept.

R. Genau. Aber es ist auch nicht das Gegenteilige. Ein Rezept im Sinn von: man hat bestimmte Probleme abgehakt. Heute morgen im Fernsehen war von einem bestimmten Football-Spieler die Rede, dessen Qualität ›his short memory‹ ist. Weil wenn er niedergeschlagen wird, steht er auf und hat es schon wieder vergessen, beim nächsten play. So kann er immer von Null anfangen. Das fand ich natürlich geil.

Die Qualität eines short memory wäre, daß man auch in der eigenen Arbeit nicht irgendwann sagt: ich bin dann zur Nicht-Gegenständlichkeit vorgedrungen, und das ist für mich die größte Errungenschaft. Sondern daß man sich das Problem, in jedem Bild am liebsten, neu stellt.

Nur weil du vorhin sagtest: das ist die Frage, wie geht man an ein Bild überhaupt heran, von welcher Seite; von der gegenständlichen Seite, mit einer gegenständlichen Sache, oder eben nicht. Das ist doch ein wichtiger Aspekt, um auszubrechen aus dem Perfektions- und Malerei-Ghetto, wo es nur noch die Frage ist, sind deine Bilder besser als die von Baselitz, oder eben nicht; um da rauszukommen, dorthin, wo auch Menschen, die nicht nur mit Kunst sich beschäftigen, von diesen Gegenständen noch berührt werden; da wäre ein Aspekt, eine Möglichkeit: der Gegenstand.

A. Die Leute berühren: es gibt ja Sachen, die einfach nicht gesehen werden, bis zu einem bestimmten Moment, obwohl sie total evident sind, und ab einem bestimmten Moment können sie gesehen werden.

*

R. In welche Richtung müßte es also gehen?

A. Also, zum Beispiel, hier haben wir den Brice Marden. Der malt diese Linien. Und er bezieht sich in Interviews immer auf einen japanischen oder chinesischen Dichter, der heißt Kalter Berg. Und dann hat er hier diese bunten Linien, die sich überkreuzen, und eine liegt immer über der anderen, und es entsteht so eine Pseudo-Tiefe durch die Überschneidungen, wie auch in meinen Bildern manchmal.

Und das völlig abartige Mißverständnis: bei den Bildern, wenn die fertig sind, haben die so Handschlenker, wie Kalligraphie. Und der hat dann wahrscheinlich ein schikkes kleines Büchlein aus China, auf der linken Seite die Schriftzeichen und auf der rechten Seite die amerikanische Übersetzung. Und dann gibt es die Analogie seiner Schlenker zu diesen Schriftzeichen. Das ist natürlich völlig pervers. Und wahrscheinlich findet er das super sensibel.

R. Das ist halt stumpf.

A. Es ist ultra-stumpf. Also wenn er es einfach nicht gesagt hätte und diese Linien gemalt hätte, dann hätte man ein echtes Problem. Das Bild ist dasselbe. Nur, das Bild ist nicht auszuhalten, mit dem Wissen um den stumpfen Hintergrund. Wenn diese Linien aber da wären, und man hätte einen Grund zu vermuten, daß er die einfach gemalt hätte, um dieses Bild zu malen. Dann würde man sich fragen, was ist das? Was kann das sein?

Und wenn er immer dasselbe Bild malt, dann würde man sagen, der hat eine Macke mit diesen Linien, der malt halt Netze. Dann zieht sich das begrifflich zusammen, zu dem, was man sieht. Also wird man irgendwann

einmal einen Spitznamen dafür finden. Wie der Funkturm der lange Lulatsch ist, malt der Netze. Wenn er das aber nicht machen würde, dann wäre man wieder vor der Frage, warum macht er das? Dann würde man vielleicht sagen, hat er es geträumt oder kommt es ihm aus der Seele? Ist es Phantasie oder was?

R. Gut, aber wofür ist das jetzt ein Beispiel?

A. Für unergiebige Erklärungen und unergiebige Beweggründungen. Damit fällt schon sehr viel weg. Jetzt kommt das andere Beispiel. Joseph Beuys installiert eine Ausstellung und hat so eine Kiste. Und steht da und wartet auf den Transport. Da kommt Roggendorf rein mit der Kiste und Beuys sagt: Stellen Sie ab, einfach abstellen. Die stellen die Kiste ab, und die bleibt dann auch da stehen. Beuys arrangiert das andere, und das Ding ist irgendwann einmal fertig. Dann stirbt er, und das Ding wird in ein anderes Museum gebracht.

Jetzt geht der Ausstellungsmacher hin und mißt aus, in welchem Winkel und in welchem Abstand zur Wand und zur anderen Wand diese Kiste steht. Der Raum wird aber anders sein, also macht es keinen Sinn mehr. Das heißt, das einzige, was Sinn machen würde, wäre, den Vorgang zu wiederholen.

Diese Art von Begründung meinte ich mit Autonomie. Kann sein, daß ich das Wort vollkommen falsch benutzt habe. Aber gemeint war damit, daß es sich aus einer so gearteten Logik oder Begründung ergibt.

Wenn du jemandem den Weg beschreibst, kannst du sagen: geh fünf Schritte in die Richtung, und dann 15 im Winkel sowieso in die und dann drei im nächsten Winkel in die Richtung; oder du sagst einfach: geh diesen Weg da entlang. Was ist präziser?

Wenn du beschreiben sollst, wie die Kiste da steht,

kannst du nur sagen: sie ist abgestellt worden. Du kannst es sehen. So wie den Unterschied zwischen einer Pixel- und Vector-Computergrafik. Du kannst sehen, ob etwas gekünstelt ist oder nicht. Das siehst du, obwohl du es nicht nachmessen kannst. So wie du bei einem Gesicht nicht nachmessen kannst, ob es wach oder müde ist.

R. Und das willst du mit Autonomie ausschließen?

A. Autonomie, das ist doch keine imperative Forderung an die Kunst, sondern das ist ein vielleicht völlig aussichtsloses Bestreben, eine Kunst in der Malerei so zu gestalten, daß das, was man abliest, mystifizierende Deutungen lächerlich erscheinen läßt. Und daß man zugleich klar macht, daß es nicht um eine Fülle kleiner, technisch präziser Informationen gehen kann, die man nicht in den Griff kriegt. Sondern daß die Malerei einfach den Vorgang der Produktion sichtbar macht, in bestimmten, irgenwie evidenten Spuren, die man sehen kann.

*

R. Aber warum sollte man der Malerei nicht viel lieber ein Sozialproblem ablesen können? Warum soll so viel verhindert und ausgeschlossen werden? Wozu diese dauernde Negativ-Gedankenrichtung?

A. Es geht nicht darum, daß ich Angst hätte, daß etwas falsch gesehen wird. Mir fällt es nur leichter, es so zu formulieren, weil ich andersrum nicht rankomme an die Bedeutung, an die Aussage.

Ich kann auch bei anderen Sachen, die absolut positiv funktionieren wie Immendorff, in der Analyse nur sagen, das hat den Vorteil, daß es das und das und das ausschließt. Das sehe ich da. Also formuliere ich so. Obwohl Immendorff es natürlich auf keinen Fall so formuliert.

SH

NO SMOKING AREA

Immendorff hat dieses absolute Schutzschild, daß er wirklich nur Havemann malen will. Dann malt er den Havemann so gut er kann. Und das verhindert automatisch, daß dabei ein Brice-Marden-Bild rauskommt. Und diverse andere Probleme.

R. Ich finde nur, sowohl beim Beispiel mit Brice Marden, wie mit der Beuysschen Kiste, diesen Inner-Kunst-Bezug zum jetzigen Zeitpunkt, wo du in deiner Arbeit stehst, wo du dich mit der Arbeit so tief und so weit in nichts anderes als in die Kunst reingearbeitet hast –

A. Das stimmt ja nicht, ich habe mich –, okay, in die Kunst, aber nicht in die Kunstgeschichte.

R. Nein, in die Kunst. Aber das ist doch auch der Unterschied –

A. IN der Kunst ist es immer, weil es das Material ist.

R. Aber es ist doch ein Unterschied: wenn du das jetzt mit dem Kippenbergerschen Kunstprojekt vergleichst, dessen Gemälde anschaust und deine Gemälde nimmst, dann geht es da um etwas anderes, ganz offensichtlich. Und man kann sich die Frage stellen, inwiefern Kippenberger mit seiner Arbeit – mit dieser Kunst-intern problematischen Formensprache, die er da hat, – dennoch ein Sozialprojekt in seiner Kunst vertritt, das in deine Kunst inkorporiert werden müßte.

A. Ich empfinde das eher als eine Annäherung. Ich finde, dieses Anliegen ›Evidenz‹ ist ein Schritt in die Richtung. Also jetzt nicht in Richtung Kippenberger, aber in Richtung einer Allgemeinverständlichkeit. Darum geht es mir.

Die habe ich in Momenten erreicht, wo zum Beispiel

jemand sagt, das ist ein totales Desaster. Und da steht da jemand anders und sagt: technisch perfekt. Dann haben sie beide recht. Und dann wieder jemand anders sieht da: ein völliges verkrampftes Ineinandergeschiebe von Linien, und das ist von der Person völlig abwertend gemeint. Warum soll ich das nicht als richtig anerkennen? Nur daß ich diese Abwertung darin nicht sehe. Finde ich wunderbar. Weil ich weiß ja, was der Typ will, und ich will genau das andere. Also schön, daß man wenigstens dasselbe sieht oder über dasselbe spricht. Und es ist ja auch klar, daß ihnen das nicht gefallen kann.

Es gibt eine Vielfalt an Ansprüchen, die an Kunst gestellt werden. Es wird ja nicht nur nach Qualität verlangt, im Sinn von: die Dümmeren nehmen die niedere Qualität und die Schlauen die hohe Qualität. Sondern es gibt ja auch die Bedürfnisse nach wärmeren und kälteren Sachen.

R. Verstehe.

A. Also, das meinte ich mit Evidenz. Und das, dachte ich, ist ein interessantes Projekt, nicht Halt zu suchen bei Interpretationsangeboten. Daß keine Meinung mitgeliefert wird, sondern im Gegenteil, daß man das hängenläßt. Diese einfache Lesbarkeit dessen, was gemacht worden ist.

R. Aber findest du nicht, daß andere Maler dieses Projekt eigentlich schon zu einer gewissen Weite durchgeführt haben?

A. Doch, klar. Zum Beispiel von Polke gibt es das Foto-Abmalen und nicht fertigwerden. Finde ich natürlich eine gute Sache, kannst du kein Sytsem daraus machen. Also zum Beispiel du kannst es ja sehen, wenn einem der Pinsel aus der Hand fällt beim Malen. Du kannst es sehen, wenn einer keine Lust mehr hat. Du kannst es wahrscheinlich auch sehen, ob das Telefon geklingelt hat und er deswegen wegmußte oder ob ihm die Puste ausgegangen ist. Du kannst sehen, wenn einem das Bild zu groß ist und er es nicht bewältigt. Das sieht anders aus, als wenn einer dabei an Gelbsucht zugrunde geht. Das meinte ich mit Evidenz.

R. Und Allgemeinverständlichkeit?

A. Das wäre dann absolut sichtbar. Wenn einem der Pinsel aus der Hand fällt, das wäre wirklich eine universelle Kunstsprache.

R. Da ist die Frage, ob das ein Kommunikationsversuch ist, der wirklich sinnvoll ist. Daß man sagt, die ganze Menschheit ist mein Publikum und ich bemühe mich um universelle Mitteilungen.

A. Weltkunst. Ich finde das superinteressant.

R. Damit verbindet sich aber ein Desinteresse für Konkretes, das ich falsch finde. Ich will politischere Inhalte haben letztlich, sozusagen direktere, mehrere. Ich will in der Kunst auf eine ganz blöde Art Scheißthemen.

A. Das Thema ist doch nur eine Erwähnung von –

R. Nein, nicht Erwähnung. Ich will wirkliche richtige Probleme.

A. Also ich sehe, jetzt kommen wir in eine politische Diskussion. Wenn man da Kippenberger als Beispiel nimmt, würde ich das vielleicht politisch nennen in dem Sinne von: Soweit kann es politisch und intelligent sein.

Platypus
WHAT DO THESE MEN
HAVE IN COMMON?

Art

YES YES

UNCLE
STEVE
CA-6-3500
FRANK TRACY
14-16

THIS TEMPORARY PUBLIC USE AREA
IS BEING PROVIDED BY
THE STATE OF NEW YORK
THE CITY OF NEW YORK
HUDSON RIVER PARK CONSERVANCY

R. Für mich ist ja nicht Kippenberger das Vorbild an politischer Kunst.

A. Für mich aber.

R. Nein, ist aber falsch. Weil man natürlich eine viel härtere politische Position und eine wirkliche politische Auseinandersetzung sich wünschen würde, die bei Kippenberger gar nicht da ist, wie du ganz richtig sagst.

A. Wünschen tue ich das auch, aber wo ist sie denn? Sie führt auch zu nichts.

R. Nein! Warum? Wer sagt denn das? Die wünsche ich mir von dir. Ich wünsche mir von dir eine politische Auseinandersetzung in genau dem Sinn, was das alles heißt. Diskussionen über die Alltagspolitik, über die Politik der Freunde in der näheren Umgebung, Visionen, Utopien, Realprobleme, alle diese Sachen.

A. Ja, aber wie willst du dich damit auseinandersetzen?

R. Dafür ist doch auch Beuys ein gutes Beispiel.

A. Das finde ich überhaupt kein Beispiel. Was ist denn bei Beuys an politischen Aussagen? Sein Waldorfschulen-Programm. Da ist doch sein Humor viel stärker.

R. Es ist sozusagen das ganze politische Wollen, das ist in dieser Kunst mit drin.

A. Aber das kommt doch gar nicht als politisches – es kommt doch nur noch als unangenehmes, messianisches –

R. Stimmt nicht

NUTRA SLIM TEA
DIETERS'
ANTIHYPERTENSIVE

A. Streben.

R. Wenn man sich heute die Resultate, die von dieser Kunst übriggeblieben sind, anschaut, dann ist ja gerade das das Faszinierende, deswegen ist das Beispiel mit der Kiste gut, daß die Kunst an sich überhaupt nichts ist. Und daß es wirklich nur um die interessante Erscheinungsform dieser Ideen, dieses Strebens und dieses Wollens, geht. Das mal widerlich ist und mal irgendwie einen humanistischen Freundlichkeitsgestus hat und mal einen echten Spitzenhumor und all diese Sachen.

A. Aber das ist doch dann wie: die Kunst mit einer Obsession aufladen. Das ist doch krank, das ist doch total lästig. So wie irgendwelche Schauspieler irgendein Scheiß-Anliegen haben wie Tierschutz.

R. Natürlich gibt es für politische Kunst noch mehr Beispiele an scheußlicher Kunst als für Kunst-Kunst, für Kunst, die sich selber reinhalten will.

A. Die ganze Scheußlichkeit kommt doch daher, daß es nicht funktioniert. Es ist ja nicht so, daß da aus unglücklichem Zufall die falschen Leute die richtigen Ansichten haben, aber leider schlechte Künstler sind. Das ist nicht das Problem. Das ganze Problem entsteht daraus, daß es eben so nicht funktioniert.

R. Ja, dann muß es anders gemacht werden. Es kann doch nicht sein, daß man nach fünfzehn Jahren Arbeit sich zurücklehnt und sagt –

A. Nein, macht ja keiner. Etwas anderes ist es meiner Meinung nach, zu sagen, daß bestimmte Sachen nicht gehen.

R. Dann macht man sie halt nicht. Also den Beweis zu führen, was alles nicht geht –

A. Nein, nein, das ist nicht genug. Man analysiert ja, was die Kunst ist, wie sie funktioniert und sagt dann, in der und der Beziehung bin ich dafür, will ich auch Schaden anrichten. Und in dem Sinne halte ich es für ein tolles Projekt, eine allgemeine Verständigung anzustreben und zu sagen, bestimmte Sachen funktionieren nicht.

R. Zum Beispiel?

A. Also da stehe ich auf der Seite dieser neuen Konzept-Kunst. Diese Leute, die jetzt einfach Analysen machen. Künstlerisch gesehen ist es nicht weiter, als Immendorff mit seiner Propaganda war. Vielleicht einen Schritt weiter. Aber es ist wieder in dieser Kategorie. Und es wird einmalig sein. Und wenn es einen Effekt hat, dann ist es nicht mehr Kunst.

So wie die Sachen aus der Pop-Kunst herausgegangen sind, die jetzt einfach da sind, für die wir dankbar sind, die uns die Welt verschönern, die haben sich frei gemacht. Das ist toll. Das ist ein Erfolg von Pop-Kunst. So gibt es auch einen Erfolg natürlich von politisch gedachter Kunst, indem einmal Sachen geklärt werden. Die müssen nicht mehr falsch gemacht werden danach. Da sagt man, danke, ist erledigt, hängt schon an der Wand.

R. Und wo ist dann die Ambition? Warum wird die Ambition für unmöglich erklärt, diese konzeptionellen Ansätze mit der Malerei zu verbinden? Warum willst du die Malerei so rein halten?

A. Ich will die Malerei nicht reinhalten. Die Malerei bedeutet mir überhaupt nichts.

R. Stimmt nicht.

A. Dann stimmt es nicht. Das ist mir scheißegal, ob das stimmt oder nicht. Ich habe keine Hemmungen, rumzuaasen. Ich halte nichts sauber. Die Malerei bedeutet mir etwas, weil ich mich damit beschäftige. Weil ich mir ein Wissen und eine Kunstfertigkeit und Fähigkeiten und Möglichkeiten erarbeitet habe. Natürlich bedeutet sie mir etwas. Aber es gibt nichts, was ich ihr nicht zumuten möchte. Außer der Doofheit natürlich. Ich möchte keinen Rückschritt machen. Ich möchte es auch nicht sehen, ich finde es scheiße, wenn jemand etwas macht, was absolut überflüssig, nicht mehr nötig ist, weil es einfach schon besser schon da war. Das ist doch Zeitverschwendung.

R. Und bei welchen Aspekten hast du das Gefühl, daß du mit deiner Malerei, die du gemacht hast, etwas geklärt hast? Was nicht mehr gemacht werden muß?

A. Ich will nicht über meine Arbeit reden.

R. Aber das ist doch wichtig. Weil von daher definiert sich doch, was gemacht werden soll. Wie jetzt der nächste Schritt aussehen soll. Wohin es weitergehen soll.

A. Ich arbeite ja nicht nach Plan. Es entstehen Ideen, erst als Ahnungen, es verstärkt sich, und wenn dieselbe Idee drei Jahre im Kopf ist, dann kriegt man das Gefühl, daß da was dran ist. Und so ist diese Idee, über die ich jetzt gerade hier rede, so eine Ahnung. Das ist kein Projekt, wofür ich andere Sachen aufgebe. Das ist ein Gedanke: man müßte mal. Das ist kein Schnitt. Das ist keine Abkehr von dem, was ich früher gedacht habe. So wie es irgendwann einmal hieß, es müßte eigentlich keine Angst vor bunten Farben mehr da sein. Und dann war sie irgendwann weg, und es war gut so. Und wenn das zuviel wird, vielleicht kommt dann eine andere. Ich weiß es nicht. Keine Ahnung.

*

R: Was also soll den Leuten, denen etwas allgemein verständlich gemacht werden soll, denn mitgeteilt werden?

A. Was denen mitgeteilt wird, ist meine Sichtweise von Malerei. Was ist es? In erster Linie ist es Malerei. Dann: wie kommt so etwas zustande, sichtbar, erkennbar. Daraus ist zu sehen, wie die Haltung zur Malerei ist. So. So wie du bei einem Pet-Shop-Boys-Song natürlich ablesen kannst, wie die die Welt sehen.

R. Ich wollte gerade sagen, warum willst du den Leuten nicht deine Sicht der Welt mitteilen? Warum steht als erste Sicht wirklich die Sicht der Malerei?

A. Ist doch dasselbe! Viele Pop-Songs handeln textlich von Pop-Musik, handeln von sich selber, sind also reflexiv. Trotzdem ist darin enthalten, was man wissen möchte. Also, es handelt eigentlich vom Song selber. Sie sagen, wir wollen nur den billigen Effekt, und sie machen es. In Wirklichkeit ist es letztendlich sogar eine politische Aussage. Ein Bild kann doch auch so ein Pop-Objekt sein.

R. Stimmt. Was also ist politisch?

A. Ich weiß es nicht. Eine politische Kunst: ich hake das halt ab. Ich unterteile es in Begriffe, so gut ich kann, und sage, das geht nicht.

Ich begebe mich nicht mehr auf diese Symbolik-Ebene.

Ich begebe mich nicht mehr auf die Karikatur-Ebene.

Ich kann mich nicht darüber lustig machen.

Ich kann die Banalisierung auf die Schrift-Propaganda nicht wiederholen, weil ich mir dann ernsthaft die Frage stellen müßte, warum ich es tue. Es geht einfach nicht. Ich kann diese Tür nicht noch fünfmal einrennen. Die ist weit offen. Das heißt, bestimmte Sachen sind erreicht, und andere Sachen sind gescheitert. Und das muß ich zur Kenntnis nehmen.

Und ich kann nicht aus dem Bedürfnis, einfach aus dem proklamierten Bedürfnis der Realität und des Politischseins etwas tun, was keinen Sinn macht.

R. Und was ist die Sicht der Malerei, die du mitteilen willst, oder anders gesagt, die Sicht der Welt?

A. Naja, da ist alles noch offen. Und irgendwo in der Denkmasse ist so ein Kompaß, wo die Nadel jetzt seit zwei, drei Jahren in eine bestimmte Richtung weist. Das war ja immer der Spaß, daß ich ja keine radikalen Schritte mache.

Sondern einfach immer nur berücksichtige, was ich jetzt Neues denke, und es schleppt sich dann halt so weiter. Und es betrifft auch tatsächlich das Problem, worüber wir gerade sprechen, weil du dich nie auf eine Klarheit rausreden kannst, also auf ein Konzept. Und deswegen ist dieses negative Definieren von Beobachtungen auch richtig, weil das die Skulptur ist. Also Skulptur, das heißt ja das Raushauen aus einem Block. Das heißt, daß die Formengebung immer am selben Kern stattfindet.

R. Die Sachen leuchten mir alle ein. Keine radikalen Brüche. Und die Idee in eine Richtung treiben. Ich finde nur, daß das nicht im Widerspruch steht dazu, daß man eine größere Präzision will in der Zielsetzung.

A. Da sind wir ja dabei. Ich bin ja auf euch zugekommen, auf dich und Diedrich und auch den Büttner, und habe gesagt, warum setzt man sich nicht zusammen und redet darüber, was man wollen könnte. Hast du für dich formuliert, was du wollen könntest?

R. Absolut. Deswegen frage ich ja so konkret nach.

*

A. Ja, da würde ich jetzt aber bei dir auch gerne nachfragen, wie du das formulierst.

R. Ich will, wenn ich jetzt zum Beispiel mal das Theater nehme, in erster Linie ein Theater machen, oder auch andere Bücher, die absolut zugänglich sind. Erste Forderung für mich. Schon eine der allerschwierigsten, weil meine ganze Selbstkompliziertheit und die Kompliziertheit meiner Sicht der Dinge dem so wahnsinnig widerstrebt, daß das für mich eine absolute Radikalforderung ist. Das ist mal der erste Punkt.

Der zweite Punkt ist, ich will Themen-zentrierte Schwerpunkte haben. Die Idee heißt immer, jedes Buch muß ein Thema haben, das in einem Satz erzählbar ist. So wie du sagtest, die Malerei, ein Bild muß wie ein Witz erzählbar sein, so muß für mich ein Buch einen klaren Gegenstand haben, und der kann so platt sein, wie er will.

A. Das Thema kann ja auf verschiedenen Ebenen stattfinden. Das Thema kann halt sein, Mann erschlägt Frau.

R. Genau. Mit Themen meine ich wirklich auch, Mann erschlägt Frau. Mit Thema meine ich, Ausbeutung am Arbeitsplatz, solche Sachen. Das sind Themen. Mit Thema meine ich Faschismus.

Im Rahmen dieser Vorgaben, Verständlichkeit und präziser Themenstellung, taucht dann erst als drittes das Materialproblem auf. Welche Dinge gibt sozusagen die Sprache vor an Unmöglichkeiten. Und da kommt dann, genau wie du das beschreibst: das ist nicht möglich, und so kann man nicht arbeiten, und das geht nicht, und das ist abgehandelt, deswegen geht das nicht. Und durch den ganzen Negativkatalog dessen, was Sprache an sich, was Theaterform an sich vorgibt, tauchen formale Probleme auf. Aber erst in der Erarbeitung eines echten außenweltlichen Themas müssen diese Strukturprobleme mit behandelt werden.

A. Und was ist dann das Thema oder der Gegenstand?

R. Das Thema ist der außenweltliche politische Anknüpfungspunkt. Der liegt in der Wahl eines definierten Weltfaktes, eines richtigen Weltproblems, eines sozialen, eines Interaktionsproblems oder so irgendwas. Eben wie du sagst, Mann erschlägt Frau. Die Kunst. Revolution. Die Medizin. Das sind für mich Themen.

Alles andere, Probleme der Sprache, der Struktur, der Form, stellt sich ohnehin in der Erarbeitung, da es ja aus Sprache dann gemacht wird, da jedes Wort soundsoviel Dinge verbietet, weil es soundso gebraucht ist. Weil das und das alles mitschwingt. Weil man alles mithört, alle Möglichkeiten der Vernetzung irgendwie gegeben sind. Weil man die bestimmt ja ausschalten oder berücksichtigen muß. Alle diese Sachen, die beim Herstellen der Sache dann vom künstlerischen Materialproblem her auftauchen, führen dazu, daß man die dann da mitbehandeln muß. Die werden da behandelt, abgehandelt.

Daran entscheidet sich, ob das dann am Schluß ein geiles Kunstwerk ist oder nur eine gutgemeinte Mitteilung einem bestimmten Thema entsprechend. Die Qualität

entscheidet sich an diesen Orten. Aber das darf für mich nie der direkte Gegenstand werden. Und das ist genau der Unterschied, oder das, wofür ich werbe.

Eigentlich auch das, was ihr am Anfang gemacht habt, und das war ja richtig, plakative soziale Probleme. Die diskutieren, die aufgreifen auf irgendeine Art. Und dann ist die Frage, wie ist das, wenn man fünfzehn Jahre Malerei bereits macht. Die sind nie abgehakt, die Fragen, diese Grundprobleme des Sozialen. Wie könnten die wieder, noch mal neu auftauchen?

A. Das Bedürfnis habe ich ja genauso.

R. Das ist doch faszinierend, daß man sich einem solchen Problem stellt. Ich weiß ja auch nicht, wie es funktioniert. Ich weiß in erster Linie zum Beispiel nicht, wie ich allgemeinverständlich werden soll. Da kann ich genausogut sagen, dann versuche ich es gar nicht, weil ich jetzt wirklich auch fünfzehn Jahre damit Erfahrung habe, daß es nicht wirklich gelingt. Aber, das tut man doch nicht. Deswegen gibt man doch diesen einfach erstrebenswerten Anspruch nicht auf.

Und was wäre, wenn man sich heute die Probleme neu stellt, die man sich zu Beginn der eigenen Malerei gestellt hat? Das meine ich mit SHORT MEMORY, daß man einfach sich die gesamte Problempalette möglichst oft immer wieder neu als ganze vorlegt. Daß nicht irgendetwas zu Ende behandelt ist.

Und deswegen komme ich immer mit Büttner und Kippenberger an, weil ich an dem Büttnerschen Weg diese Verhärtung auf den Joke und auf die gegenständlichen erzählten Witze und so weiter natürlich armselig finde. Aber trotzdem als Herangehensweise, als ein Aspekt dessen, was der gemeinsame Anfang enthalten hat, einen ganz wichtigen Punkt fand. Der einfach nie verloren ge-

Edison
PARK
FAST

geben werden darf. Es muß halt nur richtig gemacht werden.

Und genauso das Kippenbergersche Sozialprojekt, das muß halt besser gemacht werden. Es reicht nicht, so als netter guter Hirte sich zu sehen. Es muß eine radikalere politischere Analyse und eine radikalere künstlerische Problemform in der Realisierung dann da sein, daß wirklich tolle Kunst daraus wird. Aber daß diese Pole der Ansätze auch für deine Kunst einfach dazugehören müßten. Die müßten da drin sein als Ambition.

*

A. Ab und zu sehe ich ja so eine Sonne in den Zeichnungen und Collagen. Oder auf den großen Siebdrucken.

R. Ja genau.

A. Man will Mitteilungen loswerden. Aber so viele radikale Aussagen und Mitteilungen kann ich gar nicht produzieren. Ich muß mit der Arbeit, die ich mache, mit der Position, die ich einnehme, auch die Wertigkeit erreichen. Also du schreibst mit den Gedanken, die du hast, pro Jahr zwei Theaterstücke, oder weniger, pro Jahr eins, und pro Jahr wird eins aufgeführt, oder weniger.

R. Viel weniger, leider.

A. Und das haut hin, und in der Form wird das ernst genommen. Und so muß ich auch arbeiten. Das ist die Aufgabe. Zeichnung ist ja viel leichtfertiger. Da kommt man näher ran, ist einfacher. In einer Zeichnung oder in einer Collage kannst du auf eine plausible Art und Weise Figuren, Motive und Sachen, also Gegenständliches, benennen, ohne sie stilistisch aufzuladen. Auf einem Gemälde, mit dieser Wertigkeit, ging das nicht. Da müßte ich mir einen Stil ausdenken. Oder ich müßte irgendwie immer neu vergessen.

R. Nein, das geht nicht. Es gibt ja auch unter den Schreibern eine bestimmte Fraktion, Maxim Biller und so, die sagen, sie wollen realistische Erzählungen. Dieser zerbrochene Weg, die Moderne, das wäre alles ganz furchtbar, und es muß von vorne nach hinten irgendwas durcherzählt werden. Und ich habe immer das Gefühl, das ist so eine blöde Forderung. Daß der Realismus, den ich vertrete, eine ganz andere Art darstellt der Sicht der Welt.

A. Ja.

R. Wofür ich mich alles in der Welt interessiere. Das ist auch eine Form des Realismus. Und wie sich das dann sozusagen formal-technisch abspielt, das ist eine ganz andere Frage, die mit den Kunst- und Material-technischen Problemen zu tun hat.

Und insofern ist die Frage der Gegenständlichkeit nicht die: sieht man irgendwann einmal den Rüssel eines Elefanten oder so irgendwas. Sondern, und deswegen sagst du auch, daß du deine Bilder nicht unbedingt als abstrakte Bilder in erster Linie siehst, oder daß für dich nicht im Vordergrund steht, daß sie nicht gegenständlich sind; es geht einfach nur darum, daß man als Erzähler eine kontinuierliche Erzählung, finde ich, doch anstreben wollen muß. Auch wenn ich immer wieder denke, sie wird zerbrechen.

A. Aber dann sind wir volle Pulle bei formalen Problemen.

R. Aber diese Sachen sollen während der Arbeit als Problem auftauchen, und im Konzeptionellen sollte man möglichst weit weg gehen von diesen formalen Problemen, in der Vor-Konzeption.

A. Aber die formalen Probleme sind doch keine formalistischen Probleme. Ich habe doch kein Problem, die Leinwand zu ordnen. Ich habe doch kein Problem, wie kriege ich das Rechts-Links-Verhältnis gelöst.

Der Unterschied ist der, bei deiner Arbeit, sind Wörter ja das, was für mich die einzelnen Pinselstriche sind.

R. Echt?

*

A. Du kannst durchaus in einem Text Wörter wie ›Klitorisbeschneidung‹, ›Scharping‹, ›vermutlicher Südländer‹ oder ›Wirtschaftsstandort Deutschland‹ oder so verwenden, ohne daß es sofort zur Katastrophe kommt. Wenn aber zum Beispiel in einem Literaturwettbewerb die Aufgabe ist: ein Gedicht von drei Zeilen mit einem dieser Wörter zu schreiben, dann hast du ein formales Problem. Und zwar dasselbe wie beim Malen. Eine Zeichnung wäre vielleicht einfacher.

Und dann muß man sich fragen, hat das Material die Fähigkeit, etwas zuzufügen. Wenn du es nur benennen willst oder erzählen willst, dann ist die Sprache dafür geeignet.

R. Das stimmt doch nicht. Weil du ja auch dauernd von Bildern umgeben bist.

A. Du brauchst aber keine Malerei.

R. Das ist völlig egal. Du brauchst ja auch keine Dichtung.

WELCOME TO
NEW YORK

A. Aber angenommen, du maltest jetzt eine bestimmte bedeutungsgeladene Figur, dann ist die Tatsache, daß du es gemalt hast, schon das Hauptthema. Das heißt, dann mußt du von Anfang an darüber reden, daß es überhaupt passiert ist. Und daß es kein Foto ist.

R. Das ist eben einer dieser hochinteressanten Effekte, der durch die Vielzahl der anderen Abbildungsformen, die in der Welt sind, der Malerei zusätzlich zugewachsen ist, so daß allein schon das Abmalen alle diese Auflagen bekommt. Damit ist verhindert, daß man bestimmte Sachen malen kann. Aber das ist doch auch eine der großen Evidenzmöglichkeiten.

A. Das ist immer wieder dieselbe Geschichte. Wenn du daran glaubst, daß du durch die Art des Malens große Unterschiede herstellen könntest, stimmt das nicht.

R. Nein, nicht durch die Art des Malens, sondern durch die Art der Problemstellung.

A. Aber die Bandbreite ist ja viel, viel schmaler. Du kannst zum Beispiel den schon vorhandenen Stil anwenden auf ein Porträt.

Und wenn dann, als sozusagen Bourdieusches Experiment, 20 Künstler die Aufgabe bekommen, ein Porträt von Scharping zu malen, zehn davon mit verherrlichender und zehn mit denunzierender Tendenz. Und die Ergebnisse werden vermischt und hier in Chinatown den Passanten vorgesetzt, und die sollen das dann sortieren, kann es zu einer Fehlerquote von bis zu 100 Prozent kommen, auch wenn es sich um bekannte Künstler handelt.

Der Versuch, Kontrolle über das Motiv zu kriegen, kann nur funktionieren, wenn die Tendenz zusätzlich

11
Wer bummelt?
ES STEHT IN DER Berliner Zeitung

11
Wer bummelt?
ES STEHT IN DER Berliner Zeitung

Wer bummelt?
ES STEHT IN DER Berliner Zeitung

mitgeliefert wird. Aber das Bild selber transportiert das nicht.

R. Die Tendenz ist zunächst immer positiv, unweigerlich. Das ist doch das Lustige. Das schafft ja genau so interessante Probleme für Formulierung von Kritik.

A. Jasper Johns malt die amerikanische Flagge, da kann man sich jetzt überliefern lassen, wie das gemeint war. Das kann auch nicht weiter gehen, als wenn Jimi Hendrix die Nationalhymne auf Elektrogitarre verzerrt spielt.

R. Bloß daß die amerikanische Flagge, die zum Beispiel in Düsseldorf hängt, eben ein ganz tolles Bild ist.

A. Aber bei Jimi Hendrix fragst du dich, was ist der Effekt. Da kommt überhaupt nichts rüber. Da stehen soundsoviel tausend Leute und hören plötzlich das Lied und erkennen die Melodie und denken, das ist aber keck. Damals hat das bestimmt etwas gehabt. Aber jetzt ist es doch ein totaler Witz.

*

A. Also die bestimmte Art von Flüssigkeit oder Dicke von Farbe, Pinselstrich, Farbvorlieben, Kontraste und Sichtweisen zu etwas, was sowieso da ist, anwenden auf ein Motiv. Das ist letztendlich alles dasselbe. Ob ich das mache oder Stefan Szcesny oder Picasso oder Léger. Es ist letztendlich ein Qualitätsunterschied.

R. Das ist die Frage, ob das alles wirklich dasselbe ist. Weil das auch die Frage ist, ob man bejaht, daß die Sicht der Malerei und die Sicht der Welt auch noch irgendwas zu tun haben mit den unmittelbar sinnlichen Eindrücken,

die einen dauernd umgeben; mit denen einen das Sehen dauernd konfrontiert. Ob diese Problemstellung noch mit eingeht.

Und das finde ich zum Beispiel einen Punkt, der in deiner Malerei zu sehr abgehandelt oder weggedrängt erscheint, seit vielen Jahren. Das Problem des sinnlich Sichtbaren müßte die Sicht der Welt doch auch beinhalten.

Das wäre genauso, wie wenn ich Literatur schreiben würde, die sich wirklich nur noch ganz außen an der Abstraktion der Sprachdinge bewegt; wie das manche Texte bei mir auch machen, oder Partikel speziell, weil das so einen irrsinnigen Spaß macht. Aber die werden nicht mehr gegenständlich. Oder die lassen die Benennungsfunktion der Sprache gegenüber ihrer Klang- und Konnotationswelt völlig zurücktreten. Aber ich bin natürlich dafür, daß man das beides in Balance hält irgendwie.

Und daß in der Malerei deine, wie du eben sagtest, Sicht der Malerei, das beinhalten müßte: die sinnliche Alltäglichkeit der Sicht müßte da da sein, als etwas anderes noch als die Ideen-Sicht.

Und das ist die Türe, durch die das Problem des Gegenstands auf einer ganz alltäglichen banalen Ebene ins Spiel tritt. Und umgekehrt, daß du immer mehr und immer stärker nur noch Malerei-technisch argumentierst, hat damit zu tun, daß das so extrem getrennt wird. Daß das so rausgebannt wird. Daß man eben sagt, da ist die Leinwand und da ist der Rahmen und daneben steht die Tube und daneben ist diese gegenständliche Welt. Und innerhalb des Rahmens spielt sich nur noch diese Malerei ab.

A. Ich habe gegenständliche Elemente in fast allen neueren Bildern drin. In sehr vielen. Aber immer mit dieser Position des Erlaubens und des demonstrativen Desinteresses an der Form der Darstellung.

Aber umgekehrt geht es nicht. Ich kann jetzt nicht bewußt einem Gegenstand wirklich meine Aufmerksamkeit schenken. Und einen Weg suchen, den darzustellen, da würde ich das Gefühl haben, mich dreißig Jahre zurückzuscheißen.

R. Denk doch nicht so historisch.

A. Aber das heißt, wenn jetzt ein Gegenstand auftaucht, dann ist mir das nur erträglich geblieben auf eine unaufmerksame Art. Also auch nicht wie George Condo, eine möglichst kontrastreiche Bandbreite, so zappaesk zwanzig verschiedene Stile. Das ist auch so eine Art Könnertum, eben Zappa. Und das darf es auch nicht sein.

Also diese Unaufmerksamkeit, die ich da kultiviert habe, das ist auch keine Notlösung, sondern daran habe ich gearbeitet. Das heißt, ich habe den Fokus meiner Sichtweise so eingestellt, daß das Gesamtbild funktioniert. Das ist irgendwie eine andere Brennschärfe.

Da kann ein Mädchenkopf oder ein Hund oder eine Zahnbürste auftauchen. Das ist nicht so ein Piktogramm-Scheiß, so irgendetwas aufzählen, was man eh aus dem linken Ärmel kann. Sondern das ist etwas, was eigentlich aufwendig gemalt werden müßte. Und was dann mit irgendeiner Stufe von Aufwendigkeit auch gemacht wird, oder nicht gemacht wird, oder abgebrochen wird.

Oder daß sich irgenwie da die Sichtweise auf dieselbe Ebene schiebt wie das Geschmiere, was daneben ist. Oder was weiß ich, so autistische scharfe Linien und Verdicken und Verkringeln und Ausbringungen. Das Ganze, was da passiert, das Ausfransen, das Verlängern, Verbinden, Verwischen, Negieren, alle Verben, die man da anbringen kann, daß die mit der gleichen Wertigkeit ins Bild passen wie daneben, was weiß ich, Haare oder irgendwas anderes.

11

R. Ich weiß. Das ist ja gerade das Faszinierende.

A. Ich hatte neulich eine Idee, die aber nicht funktioniert, ein formales Problem. Wie gesagt, Selbstporträt. Ich hatte ja diese Totenköpfe. Und ich dachte, ich mache dieselbe Haltung, aber ohne Totenköpfe. So ein Selbstporträt mit leeren Händen. Das ist aber blöd, das sieht aus, als ob du jetzt so eine Schwanzlänge zeigen würdest. Oder?

R. Du hattest das ja seitlich gehabt.

A. Seitlich, ja stimmt, dann funktioniert es.

R. Das wäre auch ein wunderbarer Titel: Selbstporträt mit leeren Händen. Das wäre eine gute Aufgabe.

A. Ist das nicht ein bißchen resigniert, als Titel?

R. Das wäre doch eine tolle Aufgabenstellung.

*

A. Man muß wahrscheinlich die Arbeit von dir, also am Text, stärker unterscheiden von dem, was ich mache. Bei Text gibt es immer die Möglichkeit, zu umreißen, was der Inhalt ist, und dann die Form zu behandeln. Das, meine ich, geht aber nicht mehr bei der Malerei.

R. Echt? Es gibt aber Leute, die sich im Text genau diese Ambition stellen, ungegenständliche Wortkunst zu machen; absurde, abstrakte Schriftsteller, die das Thema Ungegenständlichkeit behandeln. Das Thema der Abstraktion.

A. Gerade das ist aber das Irreführende. Ich denke, Form und Inhalt sind enger verknüpft oder überdecken sich in der Malerei viel mehr. Ich kriege es nicht auseinander. Ich kann es nicht trennen und das ist ein Problem, das ich mir nicht gewünscht habe.

*

A. Eine Erkenntnis, die du für richtig hältst, kannst du nicht mehr wegdenken.

R. Doch, du kannst in Erwägung ziehen, daß das Resultat, diese Richtigkeit, bei der du angekommen bist, eine von zwei Möglichkeiten ist, die auch viel Falsches mittransportieren kann.

Ich finde das Beispiel bei Schnabel gut. Bilder, die knallen, die mit wenigen Elementen gemacht sind, die auf ganz grobe plumpe Effekte setzen. Wo du dann sagst, das sind lauter Dinge, die ich mir verkneife. Da kann es eben sein, daß bei deinen Bildern eine Art von Stolz mittransportiert wird auf alle diese nicht gemachten Grobheiten. Auf diese Feinheiten intellektuellen malerischen Procederes. Und daß diese Art von Stolz etwas genauso Problematisches gewinnt wie dieser grobe, stumpfe Weinberg-Bauern-Stolz, den das Schnabelsche Präsentieren hat.

Du sagst, du kannst Sachen, die du mal als richtig erkannt hast, nicht mehr wegdenken. Aber du kannst erwägen, ob der Gedanke, dadurch daß du ihn jetzt schon länger denkst als nur einmal, mehr problematische Dinge herausprozessiert aus sich als die Richtigkeit, die er einmal im Kern hatte.

A. Du kannst Probleme überwinden, indem du sie irrelevant machst. Das habe ich Schritt für Schritt da gemacht, wo mir Probleme lästig wurden, wo Tabus lästig wurden.

R. Aber der Weg ist eben nicht so, daß du ein Tabu überwindest, und dann hast du das für immer erledigt. Du beschreibst andere Maler, die zu immer größeren Klarheiten zu kommen meinen. Aber deine Idee der Verwerfung, der Ausschließung dessen, was du dir alles verbietest, hat auch diesen sich immer weiter einengenden Charakter.

A. Nein. Es gibt genausogut eine gegenläufige Arbeit an der eigenen Arbeit.

R. Nein, eben nicht.

A. Das verstehe ich nicht.

R. Du sagtest zum Beispiel, du hattest Angst vor den vielen Farben. Dieses Problem hat sich dir gestellt. Dann hast du diese Angst überwunden. Dann kann ein Zeitpunkt eintreten, wo du wieder anders malst, und wo diese Angst sich neu ergibt und wo dieses Tabu neu gebrochen werden muß.

A. Das kann ich mir nicht vorstellen.

R. Ich denke nur, daß es sich nicht in der Form abspielt, daß man Probleme, die sich einem stellen, oder die man sich selber stellt, löst und dann sind die abgehakt. Ich finde, daß man das bei den Schnabelschen Bildern toll sieht.

A. Schnabel hat nichts abzuhaken. Der glaubt ja an die absoluten positiven Wahrheiten von ›Schön‹ und toten guten Freunden, denen er Bilder widmet. Das entzieht sich überhaupt völlig meinem Verständnis.

R. Er nimmt sich eben diesen Anlaß für sich selber, um nicht nichts sagen zu müssen. Und dann redet er, und dann ist es halt der tote Freund.

*

A. Wir waren gestern bei der Inhaltlichkeit.

R. Genau.

A. Ich hätte dich dazu bringen müssen, mir zu sagen, was das ist. Und dann hätte man klären müssen, ob das geht.

R. Das wäre diese Liste, die ich mal gemacht habe für dich: ein geglücktes Streitgespräch; einen Höflichkeitsvorgang; eine Tolpatschigkeit; male eine Beleidigung; einen Zahlungsvorgang; ein Zuprosten; ein Radfahren; male dich als Wanderer; male dich als Waisenkind; male dich als Bruder; als Hausbesitzer; als Kiffer; als Musikhörer; im Restaurant; male dich im Schlaf; im Bett; male dich als Mann; male dich als alter Mann; male dich mit 41; male Scharpings Sicht auf Schröder; male deine Lieblingsplatte; male Gegenwart; male »wenn der Fahrer kommt«; male SUBVERSION; ein Gebiß; eine Schallplatte; eine Uhr; ein Kreuzworträtsel; einen Sopran; ein Ausbeutungsverhältnis; Immendorff; das schönste Ding eines Tages; eine Maus; einen Computer; einen Stier (nur so); eine Zeitschrift; einen FAZ-Kommentar; einen FAZ-Leserbrief; Magenschmerzen; Alkoholismus; einen Vollrausch; einen dicken Mann; eine schöne Frau; einen Telefonanruf; die spanische Sprache; einen Bleistift (warum nicht); einen Buchstaben; das momentane Lieblingsbuch; Liebeskummer. Aber es fehlt an Betten und Nahrung, Energie und Wasser wie überall. Das wäre also eine beliebige Liste von Wirklichkeitseinheiten. Inhalt kann das sinnlich Wahrnehmbare sein, was die Augen einem mitteilen, was die Ohren einem mitteilen, was der Körper einem mitteilt und selbstverständlich jede Art von abstrakten Geistesgegenständen.

A. Ich dachte, Inhaltlichkeit heißt bei dir: Behandlung politischer Themen.

R. Heißt es auch. Kann es auch heißen.

A. Das kann es auch heißen. Das weiß ich. Aber da wurde das Problem ausgelöst. Als ich in zunehmendem Maße analysiert habe: was vorgeht, wie das aussieht und was dabei herauskommt. Und plötzlich fehlte der Boden.

R: Wo fehlte der Boden?

A. Für diese direkte politische Malerei. Als ich bestimmte Sachen nicht mehr wollte. Wo es mir unmöglich wurde, Symbole zu malen, wo es mir unmöglich wurde, Gesichtsausdruck oder handelnde Körper zu malen und wo es immer weniger wurde, und alles plötzlich nicht mehr ging. Wo die Frage auftauchte, was kann man überhaupt rüberbringen. In welchem Maße kann man überhaupt etwas positiv rüberbringen, was positiv gemeint ist? Allein da hapert es schon, beim Malen.

Du hast völlig recht, daß Formspielereien, die sich in der Fläche abspielen, uninteressant sind. Aber ich wehre mich, wenn man mir unterstellt, daß das bei mir der Fall ist. Daß man das darin sehen kann, ist logisch. Die Leute werden zur Hälfte sich gegenseitig kitzelnde Farbflächen sehen. Weil sie die sehen wollen. Weil sie gar nicht in der Lage sind, etwas anderes zu sehen.

R. Ich finde, daß du deutlicher machen mußt, was du sonst noch darin siehst. Oder was du sonst noch darin für

Probleme behandelst. In einer Form, die sowohl deiner Malerei entspricht wie auch dem, was andere Leute, auch mit einem naiveren Auge, sehen können. Das ist das, was du Evidenz nennst. Die Forderung nach knalligen Inhalten.

A. Irgendwann kam die Straße, die in die Unendlichkeit verschwindet. Ich habe diese Straße gemalt, weil ich dachte, irgendein Bedürfnis nach Inhaltlichkeit zu befriedigen. Weil ich damals keine erklärt abstrakte Malerei machen wollte. Ich brauchte den Übergang. Ich wollte keinen Bruch machen, also habe ich diese Pop-Motive gemacht.

R. Genau.

A. Und dadurch, daß die so riesig groß waren, ist natürlich sehr viel Fläche da, in der irgendetwas geschehen muß. Und das, was da geschieht, hat immer die Aufgabe, die Fläche zu füllen, so daß da wenigstens stinkendes Öl auf der Leinwand ist. Das ist das Problem des Malers. Wie füllst du die Fläche. Auf irgendeine Art und Weise ist das ein großer Teil der Arbeit.

R. Jetzt ist dieses Problem bis zu einer hohen Sophistikation in deiner Arbeit wirklich vorangebracht worden. Und jetzt könnte man sich fragen, wie kommt man davon wieder weg? Auch von dieser Meisterschaft.

*

R. Mich interessiert deine Ambition, was dein Leben betrifft. Was hast du da für eine Ambition? Das ist die Verbindungslinie zu den offenen politischen Fragen.

UNST-HALLE, BERLIN - 17. Juli bis 20.

A. Mein Standpunkt ist der, daß man eine interessante Arbeit abliefern soll und daß man ein gutes Leben führen soll. Denn wenn man das nicht tun würde, also zum Beispiel durch Askese oder so, dann würde man ja die Utopie zerstören.

R. Genau.

A. Also muß man ein fröhlicher Berserker sein, finde ich, oder?

R. Genau.

A. Oder siehst du das ganz anders?

R. Nein, sehe ich absolut genau so.

A. Oder willst du zu Leonard Cohen ins Kloster? Die reden doch tatsächlich darüber, daß Ernsthaftigkeit das schönste Glücksgefühl auslösen könnte, was es überhaupt gibt. Was eben viele Leute einfach nicht wissen, wie absolut wohltuend wirklich tiefe Ernsthaftigkeit ist.

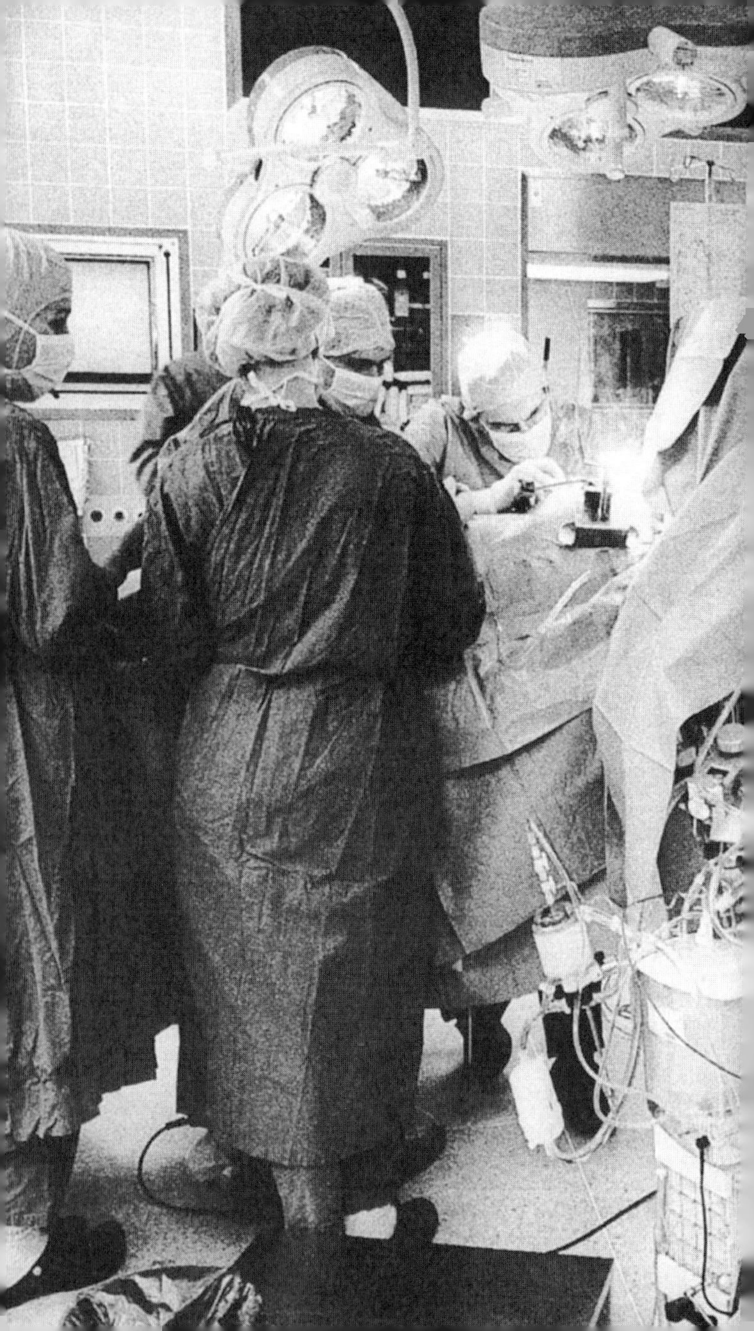

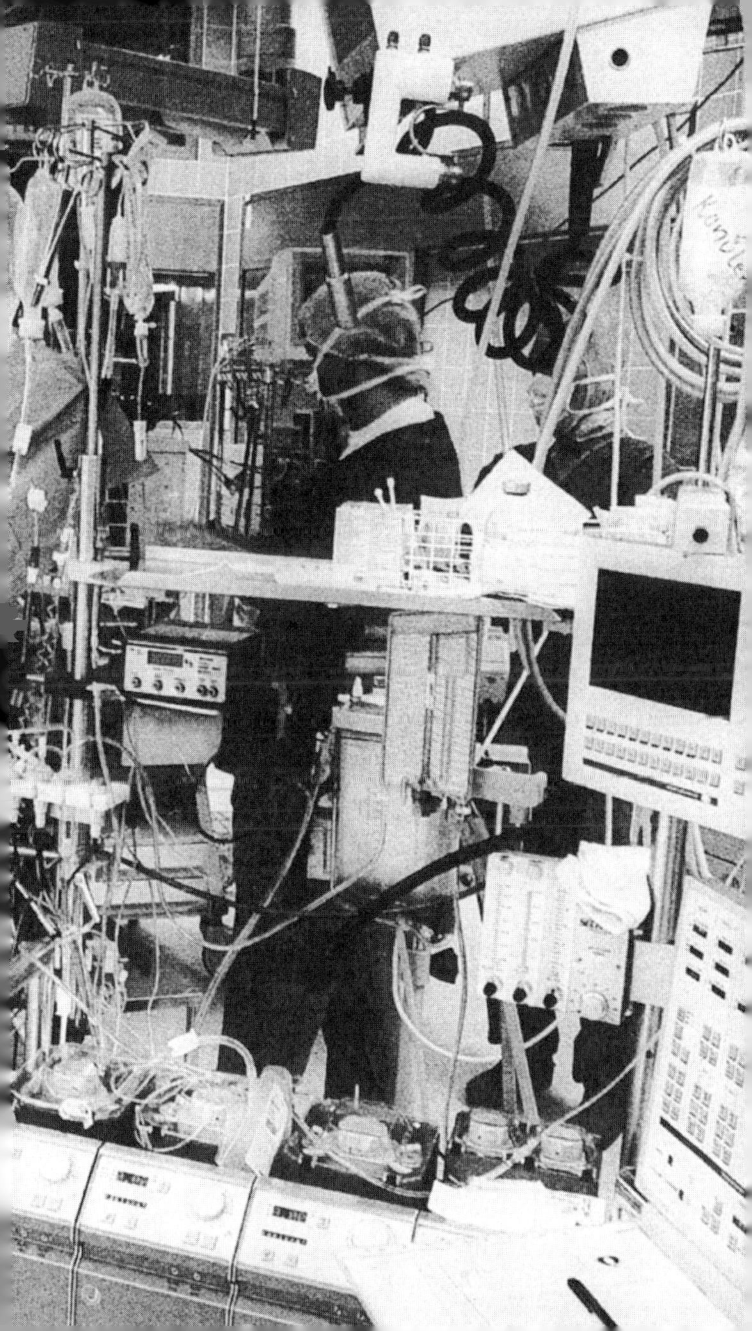

taz
Alle Männer
„Meine Muschi ist
so schön
DJ CULTURE
Niklas Luhmann Die Gesellschaft der Gesellschaft
POLITISCHE PLANUNG

taz
FEUILLETON
Alle Männer
„Meine Muschi ist
so schön
DJ CULTURE
Niklas Luhmann Die Gesellschaft der Gesellschaft
POLITISCHE PLANUNG

## in der Stadt

ollern: Die Woche mit Naumann

– einerseits zum Außenminister, andererseits zum Innenminister – ein Akt des Binnenföderalismus. Daß Naumann nun unter Beifall erklärt, alle Kulturpolitik beim Kanzler zu sammeln und zu einer schlagkräftigen Waffe zu schmieden, muß die CDU fassungslos machen. Sie hatte spätestens seit Jenningers denkwürdiger Plakataktion geglaubt, ihre kulturpolitische Lektion gelernt zu haben. Sie hat versucht, über Kunst und Kultur keine Meinungen zu haben. Als Kohl, lange vor der Wiedervereinigung, ein Deutsches Historisches Museum bauen wollte, war die Empörung über solche Vermischung von Geschichtspolitik, faktischer Macht und individueller Anmaßung gewaltig. Jetzt verkündet Naumann mitten im Wahlkampf eine Bundeskultur, die das Holocaust-Mahnmal nicht will, aber dafür den Wiederaufbau des Berliner Stadtschlosses, und erlebt einen Triumph, nur weil er etwas will.

Naumanns kulturpolitische Mischung ist atemberaubend. In fast allen seiner Interviews hat er von drei Plänen erzählt: Er werde das Holocaust-Denkmal verhindern, sich dafür einsetzen, daß das Stadtschloß rekonstruiert werde, und mit seiner ersten Dienstreise nach Hollywood sich für den deutschen Film einsetzen. Alle drei Dinge sind feste Bestandteile des kulturpolitischen Debattenrepertoires. Daß es aber möglich ist, kulturelle Bundesgewalt in noch nie dagewesenem Umfang anzudrohen und Holocaust, Hollywood und Hohenzollern unter einen programmatischen Titel zu stellen und dafür überwiegend Zuspruch zu ernten – das ist neu und sagt weniger über den angekündigten Minister aus als über die kulturelle Öffentlichkeit.

Naumann ist ein zwar anstrengender, aber inspirierender Charakter, und Wolfgang Schäuble muß sich mehr einfallen lassen, als ihn der New Yorker Bohème zuzurechnen. Naumann ist ein Polemiker und wie jeder Polemiker über die Maßen empfindlich. Doch er war es, der unter hohen Kosten als Verleger das praktisch unverkäufliche Auschwitz-Kalendarium veröffentlichte, er hat Arno Lustigers Bericht [illegible] durch Stalin innerhalb von Stunden zur Veröffentlichung angenommen. Er hat kurz nach der Wende mit der Gründung des Rowohlt-Berlin-Verlags eine Wende in dem traditionell linken Verlag eingeleitet; er hat die Wehner-Papiere veröffentlicht, und keiner konnte unerbittlicher über Stasi, SED und PDS richten als er. Nicht Naumanns Kompetenz, sondern die irrwitzige Reaktion der Öffentlichkeit auf seine Kompetenzen sind das Thema. Er ist imstande, auf die Frage, was er mache, wenn er aus verfassungsrechtlichen Gründen nicht Staatsminister werden könne, zu antworten: dann errichte er eben ein Bundeskulturministerium. Mit anderen Worten: an [illegible] bestehen. Nicht daß er es sagt, sondern daß er wie ein Erlöser bejubelt wird, kündigt die Zeiten eines neuen linken Wilhelminismus an.

Das ist die erstaunliche Botschaft dieser [illegible] versteht man gewöhnlich ein undurchschaubares System von Männerfreundschaften, Belohnungspyramide und ein Kalifat von Hilfsarbeitern. Was aber wird das System Schröder/Naumann sein? In einem düsteren Moment notierte Gottfried Benn [illegible] land": „Geschichte als Verwaltung mittleren Beamten des gehobenen Dienstes überlassen, aber als Richtung und Prinzip einer europäischen Exekutive öffentlich unterstellen". Dies war das Prinzip der alten Republik. Die neue Republik, so scheint es, unterstellt sich vorläufig dem erhofften Staatsminister für Kultur.

FRANK SCHIRRMACHER

## n an der Bar

s summende, brummende Welt

den!" plakatierte Stollmann vor zwei Jahren, als er den Standort Deutschland zum „Bewegungsraum" erklärte und so seiner „Sehnsucht nach der neuen Welt" Ausdruck verlieh.

Die „Anfaßbarkeit", für die er sich einsetzt, meint denn auch nicht etwa eine taktile, sondern eine digitale. Das gilt für die Politik wie für die Kindererziehung: Weniger in der verbrauchten Welt der Deutschland AG, als vielmehr im Jungbrunnen des Internet sollen Kinder lernen, „Selbstverantwortung zu tragen". Dort können sie „angstfrei und geschützt miteinander umgehen" und „einen Agenten von sich selbst schaffen, der im Netz ihren Plan vertritt". Nicht Peter Hintze oder Hans-Hermann Tiedje sind also die Agentenführer Stollmanns, sondern er selbst als sein Wiedergänger im Internet. Hier kommuniziert er unter www.jost-stollmann.de mit jungen Leuten über die Gestaltung von Zukunftsbranchen wie der Autoindustrie, die da „brummt wie nie zuvor" (Roman Herzog).

Die Autos brummen, die Bildschirme summen, und niemand braucht mehr Angst zu haben. In der Tat scheint es Stollmann darum zu gehen, die Wirklichkeit, wie Bolz formuliert, „zu einer Wirkungsmöglichkeit unter anderen zu depotenzieren – gleichsam zur *real-life-option* im Menü der virtuellen Realitäten" zu machen. Was mag jemand an der Spitze einer großen politischen Behörde anrichten, der sich damit brüstet, „keine Lust auf Konzern" zu haben, und der die notwendigen Abstimmungsprozesse als „Tanz um Worte" und „übliche Ritterspiele" verachtet?

Die „Unabhängigkeit", die Schröder an Stollmanns geplantem *fun-government* „ohne Wenn und Aber" lobt, ist nicht nur eine von rechts oder links. Sie ist auch eine von oben und unten, weil sie den Kontakt zu dieser Welt nicht nur hier und da, sondern überhaupt verloren zu haben scheint.

CHRISTIAN GEYER

*Das Herzstück der Alten Pinakothek: Der große Rubenssaal mit dem „Triumphbogen" links*

Foto Museum

# Urkirche und Königin der Galerien

**Nichts ist verändert, doch alles ist schöner: Die Wiedereröffnung der Alten Pinakothek**

Die klassischen deutschen Gemäldegalerien, lange im Windschatten der zeitgenössischen Künste, erleben eine Renaissance. Die Zukunftssparte muß sich nicht grämen und nicht gleich die gesellschaftliche Restauration an die Wand malen, zumal München nun der Dritten Pinakothek der Moderne entgegenfiebern darf. In Berlin endet das Dahlemer Nachkriegsprovisorium erst in diesem Sommer. Der Neubau war, nicht zuletzt durch die Vereinigung der Sammlungen, mehr als überfällig. Auch in Bremen, in Frankfurt und jetzt in München ging es ums Ende der Nachkriegszeit, um eine Reparatur und moderne Überarbeitung des notgedrungen wenig soliden Wiederaufbaus der fünfziger Jahre. Die nächsten Neubauten, die wir freudig erwarten dürfen, entstehen in Leipzig, wo die Sammlung unbehaust ist, und in Köln, wo sich Moderne und Alte Meister gründlich auseinandergelebt haben.

Bayern und die Welt darf wieder Besitz von der Alten Pinakothek, dem Urbild fast [illegible] Das ein halbes Jahrtausend alte Bilderinventar gehört in München, wie nur noch in Dresden, zum von Herzen geliebten, volkstümlichen Grundhaushalt. Der Pinakothekenentzug in München dauerte wenig [illegible] und Umschichtung der Sammlung war nicht zu erwarten, auch wenn das Interregnum in der Neuen Pinakothek manche Neugier darauf geweckt hatte. Da hatte man zum Auftakt höchst einleuchtend versucht, die uralte Nord-Süd-Teilung der [illegible] des 15. Jahrhunderts miteinander ins Gespräch zu bringen.

In der Ur-Pinakothek ist der alte Zustand fast exakt wiederhergestellt worden. Man muß schon ein guter Kenner sein, um Umplazierungen, etwa die in Sälen der Altdeutschen, zu bemerken. Rembrandts intimer Passionszyklus hängt wieder im Seitenkabinett. Das Ereignis ist ein im ganzen verjüngter, festlich ausgestatteter Bau. Radikal konservativ sind heute auch die Bayern nicht mehr. So nutzte man die wohl letzte Gelegenheit und Versuchung nicht, um den Klenzeschen Bauzustand wiederherzustellen, sondern bekannte sich zur Nachkriegsfassung des durch Bombenangriffe gründlich zerstörten Gebäudes.

Nach 1945 ist der einzigartige Münchner Museumspark aus Schuldgefühl und Unkenntnis weiter zerstört worden. Der Historismus war damals zur Gewissensfrage geworden. Heute erscheint es unbegreiflich, daß der noble Klassizismus Ludwigs I. und Leo von Klenzes mit den ordinären, anmaßenden Ambitionen Hitlers in Verbindung gebracht und diskriminiert werden konnte. Die vermeintliche Erbschuld des Münchner Historismus erlaubte willkürliche Modernisierungen, die Schleifung der Ruine der Neuen Pinakothek, eine Ausweidung der Glyptothek, deren Innenarchitekturen und Dekorationssysteme zu einem großen Teil noch zu retten gewesen wären. Es waren Architekten, voran Hans Döllgast, die den Abriß der Alten Pinakothek verhinderten. Doch beim Wiederaufbau erlaubte man sich gewalttätige Eingriffe, indem man etwa die Klenzesche Treppenführung und die Loggien – Huldigung an Raffael und das vatikanische Vorbild – durch ein spektakuläres, gegenläufiges Treppenhaus, das noch etwas vom herben Geist der Dreißiger atmet, theatralisch ersetzte. Die trotzdem eindrucksvolle Nachkriegsinterpretation Klenzes wurde durch die Renovierung bekräftigt.

Auch die Fassade behält ihre Kriegswunde: Unverputzte Backsteinpartien durchbrechen die Renaissanceordnung der Nord- und Südfassade und markieren das gewaltige Bombenloch, das den Mittelteil der Galerie wegriß. Es bleibt auch beim Eingang an der Nordflanke. Das Entree ist nun großzügiger gestaltet, das Foyer aufgeräumt, die obligaten Museumsaccessoires, Shop und Cafeteria, finden sich im Südflügel. Das Galeriegeschoß ist für Behinderte per Aufzug erreichbar. Doch besser ersteigt man den Bilderolymp über die Döllgastsche Himmelstreppe und hat dabei die Wahl, den Rundgang im Osten bei den Altniederländern oder im Westen bei den Franzosen zu beginnen.

In die Generalsanierung wurden rund achtzig Millionen Mark gesteckt. Der Aufwand ist kaum sichtbar. Die geliftete Galerie mit ihren hohen Oberlichtgewölben strahlt elegante Solidität und majestätische Ruhe aus. Mehr denn je darf man heute diese Urkirche und zugleich Kathedrale des Museumsbaus bewundern. Klenzes Erfindung, die Kombination von Oberlichtsälen mit Seitenkabinetten, in diesem ersten, denkbar einfach angelegten Funktionsbau einer Bildergalerie (1836 vollendet) hat weltweite Karriere gemacht und sich bis heute als tauglichstes Modell behauptet. Alexander von Branca revitalisierte das Vorbild in der Neuen Pinakothek, und Hilmar und Sattler übertrugen es jüngst auf die Berliner Gemäldegalerie, wo das Oberlichtprinzip auch auf die Nebenkabinette ausgedehnt ist.

Modernste Technik ist eingebaut. Die Bildwände nahmen „Elektrodenflächen" auf, die auffällige Annäherungen registrieren, auswerten und danach gegebenenfalls [illegible] wie ein Hochsicherheitstrakt, von 83 flexiblen Videokameras, die bis in die hohen Gewölbe montiert wurden, überwacht. Die Pinakothek hat in jüngster Zeit schlimme Erfahrungen mit Bilderattentaten auf Ru[illegible] ließ daher in den unteren Wandzonen die Gemälde auf zum Glück wenig spiegelnde Weise systematisch verglasen. Neu eingebaut ist auch eine ausgeklügelte Klima- und Lüftungstechnik, die Temperatur- und Feuchtigkeitsstabilität gewährleistet und [illegible] Luftkurort macht. Erneuert sind ferner die Oberlichtdecken und die sich nach Bedarf selbst regulierende Lichttechnik, die unter dem Dach „Verschat-

*Ein Kronjuwel: Antonello da Messinas „Maria der Verkündigung"*

tungsanlagen" für die Ruhezeiten des Museums einbezieht. Schließlich sind die Wände neu bespannt worden – mit einem etwas streifigen Samt und mit Seide für die Franzosen. Der dominante Ton, auch in den Seitenkabinetten, ist Hellgrau, sehr schön im lichtdurchfluteten großen Rubenssaal, zumal als Fond der strahlend gereinigten Bilder, eher farbdämpfend dagegen bei dunkleren Werken. Lichtgrün ist die Farbe der Venezianer und Holländer, Graublau herrscht im französischen Barock, Rosé bei den Spaniern und Apricot, wohl abgestimmt auf Guido Renis orangefarbigen Himmelfahrtsaltar, beim italienischen Barock.

Die reichen Dekorationssysteme Klenzes, die auch die Vouten und Gewölbe füllten, hat man nicht rekonstruiert. Ein Erinnerungsrest von dieser goldenen Glorie erhielt sich im Triumphbogen des großen Rubenssaales, im Herzen der Galerie mit dem weltweit wohl schönsten und vielseitigsten Rubens-Ensemble in zwei Sälen und vier Kabinetten. Alle Facetten des Flamen, der bürgerliche, auch private Malerfürst wie der Verkünder, Prediger und Dramatiker einer sieghaften Gegenreformation, kommen hier zum Zuge. Im Münchner Rubens manifestiert sich, wie sonst nur noch in den beiden Tiepolo-Altären, der sinnliche bayerische Katholizismus, aus dessen Schatten Rembrandt und das protestantische Holland hier nicht herauskommen.

Ist es Konservativismus, daß so eindringlich an der alten Galerieordnung festgehalten wurde, oder hat die Sammlung in dieser Gliederung ihre höchste Balance, ja ihren Kanon gefunden? Man vergißt heute, daß in der Pinakothek Anfang der achtziger Jahre eine Galerierevolution stattgefunden hat. Seit 1966 erschloß sich die Galerie eine neue Domäne. Sie sammelte im Auftrag der Hypothekenbank glanzvolle Beispiele des französischen Ancien régime. Ludwig I. und seine klassizistische Generation haßten diese Hofkunst. Diese Vorurteile sollten revidiert, und die Bilder von Boucher, Fragonard oder Trinquesse in den Organismus der Pinakothek inkorporiert werden. Der auftrumpfende Gestus überraschte. Die Franzosen beherrschen seitdem den westlichen Kopfsaal. Die Italiener mußten weichen. Beim Blick durch die Flucht der Säle antwortete bis in die siebziger Jahre den „Aposteln" Dürers, diesem protestantischen Manifest, die „Dornenkrönung" des späten Tizian. Den Platz des ergreifenden, mystisch-expressiven Bekenntnisbildes nahm das Prunkstück der Neuerwerbungen, Bouchers pompöse „Madame Pompadour", ein. Die Akzentverschiebung war brillant, aber ein fast frivoler Eingriff ins ästhetische Programm der Museumskathedrale der Romantik.

Die Ära Erich Steingräbers war die bislang letzte große Erwerbungsepoche für die beiden Pinakotheken. Bewiesen wurde, daß Ergänzungen auf höchstem Niveau – von Annibale Carracci und Frans Hals über Guardi, Boucher und David bis Goya, Turner, Géricault und Degas – möglich sind. Wollte man undankbar streng sein, wären einige Fehlanzeigen zu beklagen. Unerreichbar sind heute nur die in München fehlenden van Eyck und Vermeer. Der Pinakothek gelang es aber auch in üppigsten Wohlstandsjahren nicht, Lücken wie die von Correggio, Caravaggio, Georges de la Tour oder Watteau zu füllen. Mit den neu erschlossenen Terrains kamen auch Ungereimtheiten auf. Die Franzosen des 18. Jahrhunderts nahm die Alte Pinakothek auf, das neu geschaffene Ensemble der gleichaltrigen Engländer mit ihren spätfeudalen Attitüden und Kostümen eröffnet heute das bürgerliche 19. Jahrhundert der Neuen Pinakothek.

Bayerns Louvre präsentiert rund 800 Bildern in der Schausammlung, gegenüber viertausend im Depot. Der Gesamtbestand, beispielhaft auf fünfzehn Filialgalerien im Lande verteilt, beläuft sich auf Zehntausende von Bildern, die zur Neubewertung, zur Umwälzung und Verjüngung der Pinakothek auffordern. So hat das Museum die internationale Revision des italienischen Barock noch nicht mitvollzogen und die Bestände im Ghetto von Schloß Schleißheim nicht reaktiviert.

Der gigantische Münchner Bilderkorpus, vielleicht der weltgrößte, ist das Resultat einer einzigartigen Erfolgsgeschichte fürstlicher Sammelleidenschaft aus drei Jahrhunderten. Der Grundstein wurde Anfang des 16. Jahrhunderts gelegt. Die Galerie wuchs in gewaltigen Schritten. Die Fürstendämmerung um 1800 und die Säkularisierung waren Sternstunden der Galerie. Den Bayern fielen die Mannheimer, Düsseldorfer und Zweibrücker Sammlungen zu. Der Staat nahm auch 1500 funktionslose Bilder aus den aufgelösten Kirchen und Klöstern auf. Ludwig I., der den Besitz zusammenfaßte, systematisch ordnete und noch einmal gewaltig steigerte, konnte die Sammlungen Oettingen-Wallerstein und vor allem Boisserée mit den Altniederländern und der Kölner Schule hinzuerwerben.

Mit der Sanierung und Neueröffnung der Alten Pinakothek scheidet Georg Prinz von Hohenzollern aus dem Amt des Generaldirektors aus. Seiner Ära sind die Stabilisierung des zuvor vielfach turbulenten Münchner Museumsklimas, der nun erreichte Prachtzustand der Alten Meister und der Aufbruch zur Dritten Pinakothek der Moderne zu verdanken. Sein Nachfolger ist Peter-Klaus Schuster, der nach einer ersten erfolgreichen Neuordnung der Berliner „Nationalgalerien" nach München zurückkehrt.

EDUARD BEAUCAMP

## *Die Fischer*

In der Kunst, so wurde uns lange genug erzählt, sei alles ganz anders. Beispiele gibt es genug. Eine Pfeife ist in der Kunst eben keine Pfeife, und bislang ist kein Fall bekannt geworden, daß ein gemalter Fisch zu stinken begonnen hätte. Die Avantgarde indes, als sie ans Licht trat, bestand darauf, Kunst und Leben seien, wenn schon nicht dasselbe, so doch – eins. Das an Unterschiede gewohnte Denken störte das wenig. Bis heute blockiert es die neue Einsicht. So mußten wir auch glauben: Das Leben kennt den Fischer, die Kunst den Kurator. Doch endlich fällt es uns wie Schuppen von den Flossen. Schließlich geistert seit geraumer Zeit eine Metapher durch die kuratorisch regierten Weltreiche und ökonomisch erschütterten Zeiten, die den Schluß nahelegt: Der Kurator ist ein Fischer. Gegründet ist die wundersame Identität auf die Vorstellung, es müsse nur alles mit allem vernetzt sein, und schon werde alles gut. Im Klartext heißt das zumeist: Man braucht gute Verbindungen, dann kommt man groß raus. Die Fäden, die zwischen den Werken geknüpft werden, verbinden sich da schon weniger zu einem überzeugenden Gewebe. Schließlich ist das bloße Verbinden von allem mit jedem nicht schon allein ein Gewinn. Aber nicht nur im Kunstbetrieb haben Begriffe wie „Netzwerk" und „Vernetzung" eine steile Karriere zu verzeichnen. Sprach man noch vor kurzem von „zwischenmenschlichen Beziehungen", von seinem Freundes- und Bekanntenkreis, so nannte man das schon bald: „mein soziales Netz". Leider fällt die Sicherheit, die dieses verheißt, gelegentlich etwas weitmaschig aus. Selbst die Politik wollte nicht zurückstehen und machte aus den von Staats wegen eingerichteten Sicherungssystemen ebenfalls „soziale Netze", wenn auch weniger persönliche. Was die neuen elektronischen Medien angeht, denen wir die neue Leitmetapher verdanken, so muß man, schon um mitreden zu können, selbstverständlich vernetzt sein, schließlich wird die Welt von der dezentralen Struktur des „world wide web" getragen, nicht etwa umgekehrt. So fahren, wenn es Nacht wird, auch heute wieder die Fischer hinaus, den „Naviga[illegible] in der Kajüte des Walfängers. Er weist den Weg, daß nicht plötzlich der Schiffbruch mit Zuschauer als Daseinsmetapher wieder in Mode komme. Um all das wissen die in der betriebsamen Kunst-Vernetzung geübten Kuratoren-Fischer. Aus allen Weltgegenden schicken sie sich „E-mail", damit keiner noch einmal den einsamen Kampf mit dem Fisch kämpfen muß, wie weiland der Fischer in „Der alte Mann und das Meer". Die weit reisenden und kurz denkenden Kuratoren-Teams sind so selig selbstverliebt und derart verstrickt in ihre Netzwelten, daß man befürchten muß, sie schon bald singen zu hören: „Wenn bei Christie's die alte Kunst im Markt versinkt, zieh'n die Fischer mit ihren Booten aufs Meer hinaus, und sie werfen in weiten Bogen die Netze aus." Von den Fischen aber ist zu hören, sie hätten des öfteren schlechte Erfahrungen mit Netzen gemacht.

tw

## Mauerschau

*Streit um Biographie Gertrud Wagners*

Im Streit um die Veröffentlichung eines Buches über die Bayreuther Wagner-Großfamilie haben die Urenkel des Komponisten vor Gericht einen Teilerfolg errungen. In der zweiten Auflage des Buches „Hinter Wahnfrieds Mauern: Gertrud Wagner – ein Leben" von Renate Schostack muß der Verlag Hoffmann und Campe drei Fotografien, die Gertruds Mann Wieland Wagner zeigen, schwärzen. Das entschied eine Zivilkammer des Landgerichts Hamburg. Die vier Kinder von Gertrud Wagner, Nike, Daphne, Iris und Wolf Siegfried Wagner, hatten eine einstweilige Verfügung gegen die Veröffentlichung beantragt. Zudem hatten die Kinder der vor kurzem verstorbenen Gertrud Wagner versucht, Veröffentlichungen von Briefpassagen Wieland Wagners, die seine Frau der Autorin zur Verfügung stellte, zu verhindern. In einer gemeinsamen Erklärung verwahrten sich Verlag und Autorin gegen den Vorwurf der Herabsetzung von Mitgliedern der Familie Wagner. Nach Auskunft der Kinder zeigte sich Gertrud Wagner „zutiefst verstört" über das Buch; nach Mitteilung von Verlag und Autorin habe jedoch das juristische Vorgehen ihrer Kinder Gertrud Wagner „in Verwirrung und Verzweiflung" gestürzt.

F.A.Z.

## Ein Gegenpol

*Dix-Preis für Daniel Richter*

Der Hamburger Maler Daniel Richter erhält den diesjährigen Geraer Dix-Preis. Er verstehe sich als Gegenpol zur realistischen Malerei, sagte Richter bei der Entgegennahme der mit 20 000 Mark dotierten Auszeichnung. Der Preis wird seit 1992 alle zwei Jahre durch die Kunstsammlung Gera und den Computerhersteller IBM Deutschland GmbH vergeben. Er erinnert an Otto Dix (1891 bis 1969), der in Gera geboren wurde.

dpa

**Frankfurter Allgemeine**

**Feuilleton heute**

# HARD TIMES, BIG FUN

## Das Kapital des Glücks und seine Politik

### Loveparade 1997

*»Let the sun shine*
*in your heart«*

Dann wurde es Juli.

Alles mal bitte kurz antreten.

Dankeschön.

Folgendes: Dr. Motte hat gesagt: »Let the sun shine in your heart.« – Wobei, ehrlich gesagt, er hat es nicht gesagt, sondern er hat es befohlen. Denn so klingt der Satz zu Beginn der heurigen Love-Parade-Hymne ›Sunshine‹.

›Let! – the sun shine! – in your! – heart!‹

In mein hartes, kaltes, fürchterliches Herz? Die Sonne?

Ja, die Sonne.

Und so geschah es.

Das große stampfende Ungeheuer schiebt sich wieder durch Berlin: die Love Parade, die sogenannte ›Love Parade‹.

Verrücktes Wort: Was für ein Staat, was für ein Militär ist denn die Liebe?

Moment, da muß ich mal eben kurz nachkucken.

Als neulich seine Ekstase-Brigaden auf dem lesbisch-schwulen Stadtfest am Berliner Nollendorf-Platz im milden, frühsommerlichen Nieselregen zu Westbams Musik tanzten, und der gegen Abend ›Sunshine‹ spielte, da

öffneten sich alle Himmel zur Antwort, um sensationell gewaltige Wolkenbruch-Wassermassen in eben diesem Augenblick auf die tanzenden Menschen hernieder zu schütten, und die Tänzer warfen ihre Arme in die Luft, schrien, sprangen hoch und hoch im gezinkt gerade gezinkten Takt, und ihre patschnaß glänzend überfluteten Gesichter, die sie dem Regen entgegen hielten, sagten ohne Worte in biblischer Grundsätzlichkeit ihr ›ja‹.

»Ja, ja, ja«.

Dann spielte Westbam: ›The roof is on fire‹.

Doch beim Wort ›Wort‹ erhob sich natürlich augenblicklich Widerspruch.

Der Staatsanwalt, der das Reich einer besseren Welt vertritt, die da dereinst kommen wird, er nennt sich stolz und bitterlich auch heute noch ›Kritik‹ – so wie er zuvor jahrhundertelang ›Glaube‹ geheißen hatte – erhebt Anklage gegen die Parade, gegen ›Spaß‹, gegen ›Glück‹, gegen diesen gigantischen Aufmarsch der ›Affirmation‹, der ›Körper‹, des ›Sex‹.

Die Antwort waren Bilder.

Die Bilder zeigten immer wieder ähnlich die Gesichter einzelner Menschen, die inmitten vieler anderer etwas Schönes zu erleben schienen. Jeder, der das sah, fragte sich unweigerlich: was machen die da? Warum schauen die so aus, als würden sie ... was ist denn das?

Man sah ein Geheimnis.

Etwas vielleicht Wunderbares?

Die Ahnung einer Art Vision von irgendwas?

Man sah die Bilder, Träger einer nicht erkennbaren Idee, von innen her bewegt von was Bewegtem. Das war die Musik. Ein Beat, der die vielen vielen versetzt synchron bewegte, der Herzschlag, pumpend, für ein ganzes Kollektiv. Und jeder einzelne von diesen vielen war ganz

47
ALTE GIESSEREI

offensichtlich vollkommen beglückt, dabei zu sein, gemeinsam mit den anderen der vielen gleichzeitig was Gleiches zu erleben.

Da klingelten die Alarmglocken, alle, überall.

Ein feiner Herr tritt vor, der Herr Conradi, Berlin Verlag, Berlin, um Klage zu erheben. »Das war ekelerregend«, sagt er. Er bezieht sich auf den Uringeruch, der ihm seine morgendliche Fahrradfahrt durch den Tiergarten verleidet hat, neulich, nach der letztjährigen Parade. Und eine noch ältere Frau ist ganz seiner Meinung: »Wir, die meisten, sind von der Kriegsgeneration; wir haben den Tiergarten aufgebaut.«

Genau, die Kriegsgeneration. Sie hat andere Kollektive gesehen, im Namen der Politik, mitgewirkt, meist wahrscheinlich ziemlich unbegeistert, an Verbrechen, Stumpfsinn, Krieg und Genozid. Wenigstens nie mehr begeistert sein; aufpassen mit so gefährlichen Sachen wie mit ›Idealen‹; ganz was Schlimmes: die sogenannte ›Masse‹.

Der debilisierende Reflex der Erfahrung, das Wiedererkennen: Jubelbilder, junge Frauen in schwarz-weiß, entflammt, wie sie einem einen huldigen: Hitler fährt durch die Stadt. Das ist doch was. Das freut die Leute offenbar.

Meine Großmutter hat als sehr alte Frau, mit dem leuchtenden Blick des Greisenalters auf die doch wohl gerade erst erlebte Kindheit, immer wieder erzählt, wie das war, als sie damals als Kind den KAISER gesehen hat, in der Schloßallee vor Schloß Schönbrunn, in Wien, den Kaiser Franz Joseph I. Wie er sie angeschaut hat, und sie ihn.

Doch welche Wege führen vom Glück der Teilhabe an einem außerordentlichen Kollektiv-Ereignis zu den Verbrechen, die durch die jeweils individuelle Tat von vielen Einzelnen ein Kollektiv schließlich tatsächlich begeht? Nicht jubilierende BDM-Mädchen sind der Horror, son-

dern der einzelne Fascho-Opa, der mit gekrümmtem Finger seine aktuelle Fascho-Leier kräht: »Müll«, »Baum«, »grün«, »braun«, »Erde«, »Boot«.

Geh mir mal aus dem Licht, Alter, du nervst.

Es war einmal, in ferner Frühe, kaum mehr auszumachen, der Anfang dieses gegenwärtigen Jahrzehnts.

Die Revolution von 1989, die untergehende DDR, machte der untergehenden BRD ein tolles Abschiedsgeschenk: Deutschland, auferstanden aus Ruinen. Eine neue Rechte war plötzlich da. Faszinerend, bedrohlich. Wer gehört da eigentlich dazu? Hools, Prolls, Glatzen, klar. Und die lässig gebildeten, ewigen Abiturienten aus dem Feuilleton der FAZ?

Wo keine Front war, wurde mit seltsam bürokratischer Selbstverständlichkeit eine aufgemacht: ›Politik‹. Leute, die im Real-Polit-Jahrzehnt der 80er Jahre mitgearbeitet hatten an einem hochenergetischen Zerstäubungsprozeß politischer Ideen und Ideale in die reale Welt hinaus, und zwar über das komplizierte Ideen-Verbreitungs-System Pop, – kehrten zurück, immer eine schreckliche Bewegung, zu ihren vergessenen Wurzeln: Kader, Partei, klare Linie, schlechte Laune, lange Haare.

Sogenannte ›Wohlfahrts-Ausschüsse‹ gründeten sich und tagten in kleiner Runde, schlossen Allianzen mit minimal anintellektualisierten Kunststudenten und sprachen Verbote aus: Herr Syberberg darf nicht sprechen. Endlich: nicht mehr nur ›Texte zur Kunst‹, sondern Taten mit der Trillerpfeife.

Ja und? Wo bleibt der Witz? Wie seid ihr denn drauf?

Aber die ganz normale echte Wirklichkeit, lustigerweise ja eben wirklich eine Wirwirklichkeit für alle – war eh längst ganz woanders. Sie hatte sich einen anderen Antwortort gesucht, um zu reagieren auf die neue Lage.

Sie nannten es: Techno.

Diese Geschichte wurde oft erzählt, und es war immer eine andere. Es war immer die Geschichte der letzten, gerade erlebten Nacht. In unendlicher Variation wurde ein ums andere mal neu mit Worten dem irgendwie unfaßbar Erlebten hinterher geredet. Dabei war es zunächst gar nicht so sehr wichtig, ob das nun so wahnsinnig treffend gelang. Es war mehr ein gemeinsames Lallen, eine Art Wortmusik, der Party selbst nachgemacht.

Wichtig: Der und der hat da und da so und so gespielt, und alle wären da gewesen.

Ist ja geil.

Dann wäre man später noch dorthin gegangen und da und da hingefahren, da wäre man schon so und so drauf gewesen, und die Musik so und so.

Toll.

Und man wäre dann irgendwo gelandet, mit dem und dem und der und der, und da hätte man dann noch das und das gemacht, bis dann und dann. Und erst dann und dann wäre man so und so verstrahlt, verpeilt, endfertig und hochgradig verstört daheim gewesen.

Ein Wahnsinn.

Jede Nacht ging es auf genau diese Art irgendwie um alles, nicht zuletzt um Auslöschung. Auslöschung von Erinnerung, Bewußtsein, Reflexion, Vernichtung von Geschichte.

So ließ man sich treiben.

Nach Frankfurt, nach Hamburg, nach Köln, nach Würzburg. Und natürlich nach Berlin.

Olaf: »Los, einsteigen, wir fahren zur Love Parade.«

Ich: »Okay. Zur was?«

Dann war man dort. Und da waren wieder alle, die man von irgendwoher schon kannte, zumindest vom Sehen. Und lauter neue Leute.

Ich lief von Wagen zu Wagen. Kletterte hoch und sprang runter. Plötzlich war der angenehmste Ort dieses eine linke Riesen-Vorderrad, neben dem ich wippend stundenlang dahinging in der heißen Sonne, ein uralter pharaonisch-vorzeitiger Vorderrad-Schieber, fröhlich im Dienst der Sound-Gewaltigen, die hoch oben auf den Boxen thronten.

Und staunend sah man die Leute, die das alles sahen, wie sie staunten.

Eine paradoxe Sache.

Nach draußen gehen, um miteinander unter anderen zu sein, sich denen zwar wohl zeigen, ihnen jedoch gar nichts, jedenfalls gar nichts Bestimmtes zeigen wollen.

Die selbstbezogene, fast autistische Komponente dieser Demonstration der Glückserfahrung war vielleicht, weil so irritierend, mit ein Kern-Politikum. Und das hochnervöse ›Neu‹-Organ, das die Realität dauernd fahrig suchend durchzuckt, meldete sofort: He, was ist da los?

Gerade, weil die Aktivisten selbst es nicht so genau wußten, schon gar nicht sagen konnten, entstand im Nu ein hochstereotypes Medien-Mantra: wie verrückt die Leute ausschauen, wie lange sie tanzen, wie laut und dumpf die Musik wäre.

Im Schutz dieser immer leicht ins Hysterische lappenden, hilflos scheiternden Versuche, die Sache zu identifizieren, konnte sie nach innen wachsen, sich da intern vielfach vervielfältigen, selbst zu verstehen beginnen und gleichzeitig immer größer, populärer werden.

Eine wirklich ideale Co-Evolution: wie der Medien-Stumpfsinn aus und mit und in realem Chaos Geist gebiert.

In den prächtigen Hohlräumen der Erinnerungslosigkeit: explosionsartiges Aufblühen einer grandiosen Mytholo-

KAWASAKI

gie. Wie alles DAMALS war. Gestern, letzte Woche, vor zwei Jahren. Selten hat man eine offenere, zeitradikalere Bewegung gesehen: dabei sein, mitmachen und immer schon dabei gewesen sein: ein Ding und kein Problem.

One Love, one World
Peace on Earth
Planet Love
We are one Familiy
Friede Freude Eierkuchen
Let the sun shine in your heart

Die großen, simplen Predigten des Dr. Motte, über die sich halbschlaue Kritiker besonders gerne lustig gemacht haben, hatten nicht nur wirklich Licht und Ausstrahlung für sich, sondern vor allem diesen einen wunderbaren Sinn, nichts und niemanden auszuschließen, außer eines, den Ausschluß.

So kamen von allen Seiten immer mehr neue Leute herbei, um mitzufeiern. Immer Jubelhochamt, Kirche der Ununterschiedlichkeit.

Bum, Bum, Bum.

Wie bitte?

BAM BAM BAM.

An den Rändern standen die Passanten, sahen uns und lachten.

Und wir lachten auch, weil wir uns gegenseitig sahen und erkannten. Kann das sein? So vielen fremden Menschen sich so nahe zu fühlen plötzlich, das war doch Irrsinn. Das brachte eine Qualität der Madness ins Spiel.

Dauernde Bewegung, Hektik, dauernd stand man auf irgendeinem anderen Wagen, turnte herum auf zusammenbrechenden Stahlträgerkonstruktionen und Boxentürmen, oder hupfte eine ganze Parade lang direkt über dem Dieselauspuffsrohr auf dem Dach einer Fahrerkabine auf und ab, Arm in Arm mit wechselnden Genossen,

kohlenmonoxydvergiftet schließlich, und warum auch nicht.

Immer wieder saß man irgendwo – die Erinnerungen der Jahre überlagern sich, logisch, die Jahre fließen ineinander – an irgendeiner Ecke oder Kante, von irgendeiner supersüßen Maus aus München oder sonstwoher umarmt, mit der gemeinsam im Gespräch und in Bewegung – und wenn man aufschaute, eine frische Lunge von Amylnitrit im Hirn, erschüttert und beseelt, die immer noch mehr anderen und schließlich wirklich nicht mehr übersehbar vielen sah ... – man konnte nur den Kopf schütteln, man konnte es nicht fassen.

Man schaute sich an: »Wahnsinn, oder?«

»Wahnsinn«.

Umhüllt von Gegenwart.

Die Irgendwie-Welt, strukturell latent, verborgen von der gütig-gnädigen Dunkelheit, der großen, heiligen, ewigen Nacht des Jetzt. – Halleluja.

Das rätselhafte Geheimnis: warum diese ganze Bewegung so lange wirklich immer neu neue Gegenwart sein konnte.

Möglicher Mitgrund: ein simples Paradox, das von innen her dauernd frische Energie erzeugt und in die Sache reingepumpt hat: Abweichung, Individualität, Differenz, die an ihrer Selbstabschaffung arbeitet, um aufgehen zu können selig im Einen eines Gemeinsamen. Den Widerspruch zwischen Ich und allen also genau andersherum auflösen, als es cirka 45 Nachkriegsjahre lang selbstverständlich üblich und vernünftig war.

Techno reproduzierte dabei, ohne es zu wissen, eine gesamtgesellschaftlich neue Realiät. Jeder doofe, hohle Proll, der zum Beispiel im Afrikanischen Viertel im Wedding seine Hunde durch die Gegend brüllt, ist so sehr und jenseits aller Zweifel absoluter Herr und Herrscher seiner

Berlin

ganzen Welt, wie jeder andere Universitätsprofessor, Straßenkämpfer, Bauarbeiter oder Redakteur. Die Ordnung der bürgerlichen Klasse, Herr Conradi, ist zusammengebrochen, endlich. Jedes Ich für sich ein vollkommen entwickeltes, perfektes Universum, seiner selbst gewiß.

Die ›Kritik‹ wollte das nicht in sich einarbeiten. Zielrichtung sollte bleiben: ›Dissidenz‹. ›Differenz‹ wird angestrebt, anstatt von ihr auszugehen. Wie oft hat man es den Politfreunden vorgebetet: isoliert, dissident, allein und unglücklich bin ich eh, wie jeder andere auch, selber, ununterbrochen, jeden Tag. Das kann doch nicht Ziel von Politik sein.

Doch anstatt sich neu zu denken, wollte die alte Politik lieber in den hochinteressanten Scheiße-Ausschau-Wettbewerb mit paar komischen Rechtsradikalen eintreten, um gemeinsam mit denen im Sumpf der Marginalität zu versinken.

Viel Spaß, da unten, im Dreck.

Gleichzeitig wurden die Mädchen und Jungs, die oben auf dem Techno-Wagen standen und da tanzten, immer hübscher, immer verschiedenartiger und nackiger angezogen, immer noch unterschiedlicher.

Denn für jeden der vielen, die schon sehr bald jedes Jahr nicht mehr hingehen und mitmachen wollten, kamen hundert und hunderte neue dazu, die einfach dem Ruf der Bilder folgten.

Langsam wurde deutlich, und natürlich gab es dafür jede Menge Dissing, wie sehr Techno, ursprünglich nur auf sich selbst konzentriert und für sich isoliert, zusammenpaßt mit dieser unserer, haha, gegenwärtigen, Zitat Hardy, »kaputten Event-Gesellschaft«.

Besonders natürlich hier in Deutschland, wo eine riesige, ausgebrannte Staatsruine, die noch vor 5 Minuten 20 Millionen Menschen beherbergt hat, heute da einfach

so in der Landschaft herumsteht, schwarz, verlassen, am Fluß.

Das war in Dresden, im letzten Tageslicht spät abends. Wir fuhren über eine Brücke. Westbam zeigte auf so einen finsteren, von innen her verglühten, riesenhaft rußschwarzen Kafka-Bau. »Das Ministerium für Liebe«, sagte er.

Nicht in England, nicht in Frankreich, in keinem anderen westeuropäischen Land gab es einen so umfassenden Zusammenbruch bestehender Ordnungen – mit all den damit einhergehenden Brutalismen, Härten, Zerstörtheiten.

Gerade auch dem hat Techno sich völlig unspektakulär und ohne missionarische Hintergedanken automatisch geöffnet. Die anfangs noch Nachtleben typische Sozialmelange machte schon sehr bald einem denkbar weitestgefächerten Sozialspektrum Platz. Keiner kennt sie nicht: die unglücklichen Kreaturen, all die Mühseligen und Beladenen, die massenhaft Stumpfen, Trostlosen, Kaputten und Verblödeten, die auch mitstapfen dürfen, wie fucking jeder, der will, zu dem einen Beat.

So wurde es so langsam ganz schön eng überall, richtig anstrengend.

So viel Glück, so viele Menschen.

Hitze, Durst, Substanzen.

So viel Lüge plötzlich auch, so viele Widersprüche. Vielen wurde das alles zu viel. Zurück zu den Wurzeln. Bewegungsintern wurde neu gebildet, was die Sache ursprünglich als Ganzes mal gewesen war, und so, vor allem musikalisch, immer neu auch wieder wirklich wurde: ›Underground‹.

Unter wechselnden Titeln (Intelligent, House, Electro, Jungle, Drum and Bass, Neotechno) kehrte man zurück zu ordentlichen, übersichtlich kleinen, alten Werten. Un-

TORM

FRANKFURT

LOVE
10

abhängig davon, was es für neue gesellschaftliche Realitäten gibt, gibt es als ältesten Generalkonsens bei ganz vielen immer die Bitte: bitte nicht zu viele.

Bloß kein Geld. Geld: böse. Teilnahmebedingung sollte statt dessen wieder sein: die richtige Gesinnung. Die allerplumpesten, ausgeleiertsten Scripts aus den jahrzehntelang probierten Subkultur-Kontexten wurden hervorgezogen und neu aufgeführt. Extrem spannend.

Dennoch führte diese Entwicklung dem großen Ganzen des Dance-Dings, egal was die Anti-Akteure darüber dachten, immer neu neue musikalischen Ideen zu. Und vorallem endlich auch: die WORTE.

Bisher hatte es nur zwei Texte gegeben: die Nacherzählung der auf Platte erschienenen Musik (frühe Hochblüte: DJ Tanith Tanatos' Plattenkritiken im frühen Frontpage) und den Erlebnisbericht von der Partyfront. Die Geschichte dieser Textformen ist die Geschichte des meteorhaften Aufstiegs der Zeitschrift Frontpage und ihres Verglühens.

Salut: JL. Wir haben immer an dich geglaubt.

Frontpage agierte da, wo die eigentlich zuständige Presse, wie Spex und taz, nicht waren. Wo waren die eigentlich? Neulich leistete sich die taz, erstaunlich souverän, eine einseitige Reflexion zu diesem Thema: wo war die, nach eigenem Selbstverständnis doch so avancierte Kulturguerilla, als das sozial und musikalisch wirklich Neue im Umfeld von Techno-House geschah? Wo war sie? Bei sich daheim, bei ihren Worten, verstrickt in interne Kämpfe, in Diskursobsession, von Weltangst gelähmt. No risk, no fun.

Anders als Gabba und Goa, für sich mächtige, autonome Großfürstentümer in Technoland, aber eben um die Realität des Tanzes gruppiert, waren alle anderen Subreiche Nicht-Tanz-Tanzwelten. Diese Selbstwidersprüchlichkeit machte den ›Underground‹ und die in ihm versammelte Spasten-Versammlung, die er allen mitbrachte, so produkiv: verbal produktiv.

So kamen erste neue Worte in Sicht. So konnte man anfangen, sich grob fürs erste zu orientieren. Wie die Sache, von innen gesehen, jedoch dargestellt wie von außen, als Ganzes aussah. Widerspruch. Im Widerspruch dagegen formierte sich, langsam wie die Worte nun mal sind, eine Ahnung von Begrifflichkeit, die paßt und stimmt.

Die Absetzungsbewegung da dagegen wiederum trat an unter dem infernalisch und fast schon verzweifelt herausgeschrienen Tanzkampf-Aufruf: »ABFAHRT!« Bis zum Zusammenbruch. Das war unsere Intelligenz, unser Techno.

Damals war es, da reiste ein harter Kern aus München zur Parade wild entschlossen böse an, hatte eigenes Bier und eigenen Limes für den eigenen Wagen klar gemacht, – um sich dann da zu dem Schlachtruf »WE ARE THE HATE SQUAD« so brutal rand- und haltlos zuzubetrinken, daß alle weiteren Festivitäten im Nebel der Amnesie des pathologischen Rauschs verschwunden blieben – bis wir uns irgendwann im Hotel wiederfanden, Tage später, schlaff beim Suffchillout am Swimming-pool.

Daran denkt man gern zurück.

All das war viele Jahre her.

Wie schauts denn heute aus? – Wir nähern uns der Gegenwart. – Ich kann es nicht so recht erkennen, Herr.

Der gegenseitige Austausch zwischen Bewegung und Gesellschaft hat alles in alle Richtungen vielfach importiert und exportiert. Pleiten, Pech und Pannen, Realpolitik und Religiositäten, Spirit und echte soziale Novität. Das einstmals Neue ist dabei verschwunden, ist aufgenommen worden, wurde vielfältig gesellschaftlich inkorporiert. Das Sozialexperiment Dance ist nun auch Wirtschaftsfaktor, genauso wie es immer noch Ideenträger ist und Vision.

Das Schöne dabei: gute Ideen, die man kaufen kann. Keiner muß denen beitreten, nirgendwo muß man sich ausweisen, der Zutritt wird nicht über Exklusiv-Mitgliedschaft vergeben und verwehrt.

Man dreht einfach das Radio auf. Und sie spielen, für jeden anders, das eine Lied, das einem gilt und dadurch gehört. Für ganz viele war das diesen Sommer: ›SONIC EMPIRE‹, von keinem Geringeren als dem Kollektiv der ›Members of Mayday‹.

Die Leute haben diese Platte auf Platz 1 der Single-Charts gewählt per Kauf.

Was für ein Triumph, vor allem musikalisch. Wann war zuletzt eine Platte von solcher reichen Qualität so vielen Menschen so plausibel? Die Ingredienzen hatte Westbam im vergangenen Jahr bei seinen Gigs im E-Werk in Berlin, gemeinsam mit dem dortigen Publikum, wahrscheinlich unübertrieben wirklich das tollste Publikum der Welt, hervorprozessiert, getestet, verfeinert und zu Perfektion entwickelt, für alle erkennbar. State of the Art, ein neuer, erweiterter Techno-Begriff. Abschrei-Höhepunkt der besten Partys, Soundtrack, der aus jedem Autoradio kommt.

Was für eine geile Platte.

Ähnlicher Glückseffekt wie durch Dietls Erfolg mit ›Rossini‹: nicht, daß das Kollektiv geschmacks-technisch nicht irren könnte, dauernd aufs grausamste anders empfinden würde als man selbst, ... aber eben nicht immer, manchmal genau NICHT. Manchmal empfindet man wie alle.

Das sind für mich glückliche Momente für, ich wiederhole, die Demokratie.

So ist insgesamt durch Dance geschehen, wovon Kunst, seit es sie gibt, träumt: mitzuwirken daran, daß es eine neue Welt gibt, die – und sei es nur ein Mikrobißchen –

besser ist als die, die war.

Dokumenta-Chefin Katharina Witt, die dem Konzept Konzeptkunst den wohlverdienten, endgültigen Todesstoß gegeben hat, wird es nicht erkennen können: daß die Love Parade auch heuer wieder wahrscheinlich das große, beste und bedeutendste Kunstwerk dieses Sommers sein wird. Der Augenblick, wo die Gesellschaft sich als Ganzes sinnlich wahrnimmt und – ohne all ihr Leid vergessen zu müssen – sich trotz allem, irgendwie, ganz diffus bejaht.

Gerade die angekündigte Haß-Parade wird dabei ihren Beitrag leisten. Dank an die autonomen Bunker-Gabbanauten. Und die rituelle Struktur, die da einspringt, wo das Neue verschwand, hat etwas Mildes, Riesenbäuchiges an sich.

Es ist Juli geworden. Die Love Parade schiebt sich wieder durch Berlin.

Wer wissen will, wie es wird, schaltet den Fernseher ein, auf Viva. Oder geht selber hin. Habt ihr auch wieder irgendwie auch Angst davor? Ja, jedes Jahr neu. Wird schon werden.

Let the sun shine in your heart.

Alles Gute allen. Peace.

Oh Dick
inte

**ELKE KRYSTUFEK**

Austrian contribution to the
XXIV Bienal de São Paulo 1998

# ABFALL FÜR ALLE

---

## THEY'VE TAKEN THE WORLD
## NOW WHAT?

VI
1.5

Freitag, 9.10.98, Frankfurt.

1051. Aua.
1149. Die dritte Aspirin, aua.
1202. Okay: zwölf. Aua.
1220. Los gehts.

1227. Höhenstraße. Aua, aua, aua.
1231. Merianplatz.
1232. Konstablerwache.
1233. Römer.
1234. Willy-Brandt-Platz.
1236. Frankfurter Hauptbahnhof.

1254. Wir fahren ab. Im Zug nach Wiesbaden mit Oliver Vorbach.
1326. Wiesbaden.
1333. Kurpark, Kurhaus, Spielcasino. Druckkammerzentrum.

1338. In Olivers Büro. Wir reden über die Bildseiten für Celebration, fangen dann an. Sagen uns gegenseitig den Rossini-Satz: ich habe ein gutes Gefühl.

1520. Während Oliver die neuen Bilder einbaut, und ich noch zusätzliche Bilder für die Zwischenkapitel ordne: zu gestern. Christian Kracht hat einen, glaube ich, NOCH gestörteren Sozial-act als ich. Der macht mit Komplimenten einen Terror, das ist Wahnsinn. Er trägt so dick auf, bis man nicht mehr kann. Man wehrt sich, es tut längst richtig weh, man bettelt schon fast, es reicht. Da legt er erst richtig los, haut gleich noch mal zehn Pfund drauf und nach. Dusch, bumm, zack. Nimm auch noch dies. Auch nicht schlecht: der aktuelle Körperzustand. Das Kopfweh, die Übelkeit, der kniehohe Kreislauf. Wenn ich noch eine Aspirin nehme, muß ich wahrscheinlich instantmäßig in den schönen Garten vor der Türe kotzen. Wir trinken Kaffee und Orangensaft.

1527. Am Ende des langen Gesprächs mit Regina konnte ich leider nicht nur Marlene Streeruwitz, sondern auch Pipilotti Rist nicht wirklich gut finden. Schade. Man will doch irgendwie das Gleiche finden und empfinden, im Fall von Sympathie.

1530. Ähnlich bei dem Gespräch mit Benjamin, über Alexa Hennig von Lange, über das Doppelporträt in Allegra. Er ist strenger, genauer, näher dran und hat vielleicht recht. Ich finde, was sie macht, aber trotzdem toll. Plötzlich kam ich mir so jammerlappig vor, so verbohrt. Fast schon lottmannhaft kaputt.

1630. Dann wieder weiter mit den Bildern. Oliver verschiebt die Bilder, und wie ich zukucke, was er macht, sehe ich, millimeterweise sozusagen, daß er exakt genauso beobachtet und urteilt wie ich. Sehr angenehm, zum Zusammenarbeiten, es geht so flott, es macht richtig Spaß. Oliver ist auch Messie mit der Ordnungsphantasie: Durchbruch zur nächsten Wohnung. Er hat aus London ein ultrapopiges Walter von Beirendonck

RAINALD GOETZ

# RAVE

ERZÄHLUNG

SUHRKAMP

Für Rainaldo
Peace!
adidas
PULP, REEF, ORBITAL,

# PRAKTISCHE POLITIK

Streitgespräch
mit Isabelle Graw und Astrid Wege

Wir saßen in der Kölner Redaktion von Texte zur Kunst. Isabelle Graw und Astrid Wege wollten mit mir über den Loveparade-Artikel diskutieren. Mit paar Tonnen Notizen war ich aus Berlin angereist, fast nichts davon kam im Mündlichen direkt an. Wir verstanden uns eigentlich ganz gut. Nach dem Interview fuhr ich sofort wieder zurück, mehr als zwölf Stunden im Zug, insgesamt, an diesem Texte-zur-Kunst Tag, Berlin, Köln, Berlin. Danach gingen die Faxe hin und her, immer wieder. Mit dem Endergebnis waren schließlich alle einverstanden.

TzK. Dein Artikel im Zeit-Magazin über die Love Parade in Berlin zeichnet sich durch Oppositionen aus: du spielst Begriffe wie Spaß, Glück, Musik, Körper, Sex, Ekstase, Bilder, das Erleben in der Masse etc. aus gegen die wenigen, Kritik, Geschichte, Bewußtsein, Kaderpolitik, schlechte Laune, Ausgrenzung. Während Techno zu einer Ersatzreligion wird, polemisierst du gleichzeitig gegen Intellektuelle. Dieses Argumentationsmuster zieht sich durch den Text: ein geradezu religiöses, ekstatisches, direktes, spontanes, authentisches Erleben, das durch Reflexion nicht gehindert ist und als das wahre Leben dargestellt wird, versus die Diskreditierung eines intellektuellen oder gebrochenen Wirklichkeitsverhältnisses. Das erinnert im Gestus an den Vitalismus eines Gottfried Benn und reproduziert eine Form von Anti-Intellektualismus, die gerade von konservativer Seite immer wieder beschworen wird. Während du gegen die ausschließenden

Intellektuellen argumentierst, baust du Gegensatzpaare auf und schließt auch aus. Damit machst du genau das, was du den Anderen vorwirftst.

R. Genau, ich schließe den Ausschluß aus. Ich stimme dieser Zusammenfassung des Textes zu. Genau so ist es gemacht und genau so ist es gedacht. Ich wende mich gegen die Kritik der universalistischen Parolen des Dr. Motte, die nichts ausschließen außer den Ausschluß; und das ist genau das, was ich angreife und ausschließe. Das ist natürlich ein lustiges intellektuelles Manöver. Ich gehe ja nicht weiter auf meine Argumentation ein, die ich vorzubringen hätte gegen die, die ich da beschimpfe. Man kann sie entweder erahnen oder sich auch denken, daß ich einen an der Klatsche habe. Das ist eben eine grundsätzlich andere Idee von Text und Argumentation als das, wogegen der Text sich wendet.

TzK. Was ist an deiner Methode, den Ausschluß zu kritisieren, indem man selbst ausschließt, anders? Wenn du in diesem Text mit herablassender Geste den Intellektuellen Viel Spaß da unten im Dreck wünschst, dann bedeutet das eine Abgrenzung, dann ist eine Front geschaffen.

R. Stimmt. Es geht um Punk und Fun, um Abgrenzung und um Spaß an einer solchen Drastik. Im Grunde genommen ist das natürlich auch ein Punk-Text. Der haut da mal auf den Tisch, Richtung Texte zur Kunst, Spex, Politfraktion. Unausgesprochen fundieren den Text jede Menge Argumente, auf denen er quasi federt, um eine andere Idee von Politik zu formulieren. Auch um sich an ein anderes Publikum zu wenden als an die Eliten, an die sich Texte zur Kunst und Spex wenden.

TzK. Wir wenden uns nicht gezielt an Eliten – auch wenn es zum Teil sicherlich so ist, daß bestimmte Themen und Fragestellungen, die wir verhandeln, nicht unbedingt auf das Interesse eines breiten Publikums stoßen. Nur bedeutet dies doch nicht im Umkehrschluß, daß eine Beschäftigung mit diesen Themen deswegen keine Berechtigung hätte, wie es dein Vorwurf des Elitismus nahelegt. In diesem Punkt ähnelt deine Argumentation einem letztlich ausgrenzenden und Differenzen niedermähenden Populismus von konservativer Seite.

R. Aha. Das ist natürlich wahnsinnig schrecklich. Aber die erste Frage wäre für mich, ob die Vorwürfe zutreffen. Erst dann frage ich, wohin placiert mich die Kritik.

TzK. Auch wenn du diesen Einwand so ironisch abwertest: Du näherst dich in diesem Fall dem klassisch konservativen bis rechtspopulistischen Lager, indem du dessen Argumentation einen neuen Schauplatz eröffnest.

R. Das wäre mir egal. Ich sehe das zentrale Diskursproblem ganz woanders. Nämlich in einem Verlust an Augenmaß dafür, wie präzise man sein kann im argumentierenden Text. Wie todsicher man alle denkbaren Mißverständnisse ausschließen kann. Es ist doch ein Irrsinn, daß die Korrektheitsdebatten, deren zentraler Aufmerksamkeits-Gegenstand die Sprache ist, offenbar jedes Gefühl dafür verloren haben, was sie selber für eine groteske Staatssicherheitsprosa sprechen.

TzK. Du reduzierst alle Versuche, Sprache in einer nichtdiskriminierenden Art und Weise zu benutzen, auf sogenannte Korrektheitsdebatten, gerade so, als ginge es lediglich darum, Mißverständnisse zu vermeiden. Vielmehr handelt es sich um den Versuch, in der Sprache aufscheinende Gewaltverhältnisse zu berücksichtigen und zu verändern.

Aber kehren wir noch mal zu deinem Artikel zurück: Was seine Sprache anbelangt, zeugt er von einem apodiktischen Ton – durchgängig werden Behauptungen aufgestellt. Dieser Ton kennzeichnete bereits deine früheren Bücher wie ›Irre‹, sie sind voll Maximen und Aussagesätzen. Manchmal erscheint der Autor wie ein wütender Gott, der seine Bannflüche auf die Welt schleudert.

R. Ich finde es eben lustig, grob und kraß rumzutrashen, ohne sich argumentativ dafür nochmal eine Berechtigung zuzusprechen. Wenn das apodiktisch ist – okay.

TzK. Deine Texte sind auch von einem gewissen Pathos gekennzeichnet. Von dieser Schreibweise, die in den achtziger Jahren eine politische Funktion besaß und befreiend war, sind inzwischen viele Leute aus gutem Grund abgerückt.

R. Ich würde lieber nicht abrücken von was Früherem. Wobei das Apodiktische bei mir nie aus einer an Macht interessierten Position spricht. Sondern immer aus einer sozusagen medizinischen, aus Befunderhebungen in der Wirklichkeit. Das ist automatisch ein radikaler Blinkwinkel, daher kommen die Auf-den-Tisch-hau-Sätze.

TzK. ›Auf den Tisch zu hauen‹ ist aufgrund seiner Nicht-Diskursivität ein viel abgeschlossenerer Machtgestus, als wenn man argumentiert. Ich habe dich immer als einen Autor wahrgenommen, der sich mit Definitionsmacht ausgerüstet glaubte und eine Machtposition in seinen Texten behauptet.

R. Aha, interessant. Ich selber mag in Texten eben resultative Sachen lieber, und schreibe deshalb auch eher aus diesem Gestus. Ich mag von Texten erschreckt werden, und empfinde ausgefeilte Argumentation oft als besonders quälende, unhöfliche Diskursart, die auf ihre Art extrem herrisch feststellt: SO wird hier geredet. Und da sage ich automatisch: ist ja interessant. Und halte mit der Pumpgun drauf.

TzK. Dennoch sind Argumentationen anschlußfähiger als dein Draufhaun, zumal du extrem vereinfachst. So sprichst du in deinem Artikel im Zeit-Magazin mit größter Selbstverständlichkeit einerseits von den Intellektuellen, die das wahre Leben nicht kennen würden, auf der anderen Seite von der ganz normalen Wirklichkeit, von der ›Wirwirklichkeit‹. Damit setzt du deine Wahrnehmung und dein Erleben von Wirklichkeit als allgemein gültige. Natürlich könnte man sagen, daß sich das alles nur auf der Textebene abspielt. Doch die Frage ist, welche Effekte Texte haben.

R. Ja, ich beanspruche eine starke Analysekraft für diesen Text. Behaupte, daß da Zutreffenderes zu Techno gesagt wird als das meiste, was etwa in Spex üblicherweise dazu steht. Es geht um eine grundsätzlich andere Sicht auf die Spannung zwischen Politik und populärer Kultur in den 90er Jahren.

Als in den Wohlfahrtsausschüssen der Verlust linker Diskursmacht bejammert wurde und Diedrich seinen sogenannten Abschied von der Jugendkultur nahm, ist gleichzeitig Techno explodiert. Das ist das Datum in der Wirklichkeit gewesen, die reale Antwort auf die Zusammenbruchs- und Rechtsradikalisierungsmomente von 90, 91, 92.

Beiläufig erwähne ich auch das vom Wort Wirklichkeit

für alle vorgegebene Wirhafte der Wirklichkeit. Der PLURAL der ersten Person steht da vor dem Singular. Das mißachten die zu stark an Diskursen orientierten Theorieerzähler. Daß der Gegenstand nicht ihre eigene Ichlichkeit ist, sondern die Wirklichkeit. Tom Holert schreibt z.B. über meinen Text, ohne auf der Love Parade gewesen zu sein, und sieht darin auch gar kein Problem.

TzK. Das politische Potential, das du Techno zuschreibst, hat es in dieser Form nie gegeben. Deine Erzählung von Techno ist totalisierend und mythisch. Zu fragen: »Wo wart ihr, als Techno aufkam«, mag berechtigt sein. Aber zu behaupten, daß man nicht über die Love-Parade schreiben könne, ohne dort gewesen zu sein, stellt das Gesetz auf, daß man authentisch erleben müsse, worüber man sich äußert. Das bedeutet Authentizitätsterror und schließt die Analyse aus der Distanz aus.

R. Authentiziätsterror: finde ich natürlich gut. Auch weil in alle den Jahren, wo ihr als Lehrer gearbeitet habt, das Diskursive fast vollkommen an die Stelle des Realen getreten ist. Die ganze Welt wird von euch Lehrern so gesehen: als Erziehungsanstalt. Das geht bis in den Ton hinein, Isabelle, in dem du etwa mit mir am Telefon redest.

TzK. Projizierst du das nicht? Wenn man versucht, einen Zusammenhang darzustellen, heißt das doch nicht automatisch, andere erziehen zu wollen. Und umgekehrt ist dein apodiktisches Reden nicht minder herrisch: du bist schließlich derjenige, der hoch auf dem Wagen der Love Parade die unten im Dreck wühlenden Intellektuellen abkanzelt.

R. Klar, ich spreche das aus. Das ist schon mal asozial, damit setzt man sich gleich mal aktiv ins Unrecht. Ich

finde das einfach richtiger als euer Bestreben, sich möglichst unangreifbar zu machen. Mein Text ist in der Hinsicht auch eine Intervention gegen diese sich selbst endlos im Nachhinein kritisierenden, entschuldigenden, erklärenden Selbstgerechtigkeitsexzesse. Dagegen setze ich Drastik, Offensive, Fun und Joke.

TzK. Du sprichst von ›unserem‹ Bestreben, als wollten ›wir‹ alle das gleiche. Mit der Rückendeckung des Mainstream-Feuilletons begleichst du alte Rechnungen mit subkulturellen Zusammenhängen, mit denen du früher zum Teil selbst zusammengearbeitet hast.

R. Finde ich richtig so. Die Begründung liefere ich natürlich intern gerne nach, so wie hier. Aber den Angriff führe ich erstmal von außen.

TzK. Von einem Organ wie dem Zeit-Magazin aus zu sprechen, stattet dich – nicht zuletzt wegen der hohen Auflage – mit Autorität aus. Die Welt, die du angreifst, ist kulturpolitisch viel weniger Entscheidungsträger.

R. Autorität, echt? Ich finde, je höher die Auflage, desto geringer automatisch die Autorität, weil desto größer der Schwachsinn, der da meist steht. Umgekehrt sind die Autoritätspositionen von Spex und Texte zur Kunst viel zu wenig Gegenstand eigener ideologiekritischer Aufmerksamkeit.

TzK. Sorry, deinen Optimismus bezüglich der mangelnden Autorität von ›Schwachsinn‹ kann ich nicht teilen – leider. Außerdem sagen wir ja nicht, daß kleinere Projekte keinen Einfluß hätten oder daß eine begrenzte Auflage Selbstkritik überflüssig machen würde. Natürlich machen wir Politik, wenn wir bestimmte künstlerische und theoretische Positionen stärken, und wir halten es für wichtig, daß es dieses Forum gibt. Dennoch handelt es sich, was die kulturpolitischen Einflußmöglichkeiten oder die finanziellen Möglichkeiten oder die Erreichbarkeiten betrifft, um einen anderen Machtpol als etwa das Zeit-Magazin.

R. Nochmal: mir ist Macht egal, mir geht es um realitätsgerechte Analysen in einem Politik-Bereich, wo grundsätzlicher Widerspruch wie eine Beleidigung verstanden wird. Wieso eigentlich? Ich stelle mir Linksradikalität lieber wie eine große Heimat für alle Wohlmeinenden vor, wo jeder dabei sein darf, der sich irgendwie so fühlt. Wie ich natürlich auch.

TzK. Das klingt nach einer Phantasie, die reale und begründete Antagonismen ausblendet. Natürlich sind Streitkultur und Widerspruch elementar wichtig. Nur: Was ist eigentlich an den Versuchen, wie damals in den Wohlfahrtsausschüssen, antirassistische Politik zu bestimmen oder an Gesellschaftskritik festzuhalten, aus deiner Sicht so falsch?

R. Zunächstmal war daran gar nichts falsch. Es wurde nur mit der Zeit immer falscher, immer selbstgerechter. Das Gute kann eben unter den gegebenen Beobachtungsbedingungen nicht ohne weiteres Wort werden.

TzK. Was ist denn ›das Gute‹?

R. Das Gute ist antirassistische, antisexistische, progressive, politische Politik. Nur wie kann man davon sprechen? Neulich meldet in Spex der Minimal Club mal wieder was, da wimmelt es nur so von Sprachsignalen, die allen alles Richtige signalisieren. Wem wird denn da was mitgeteilt? Über den Mutter-Teresa-Effekt produzieren solche Gesten ihr Gegenteil. Das sich selbst zur Besichtigung freigebende Richtige, Gute, Korrekte und das Plädoyer dafür wirkt gleichzeitig immer genau so abstoßend, verblödet und widerlich.

TzK. Solchen Texten geht es doch um mehr als um Signale des ›Richtigen‹. Ich habe den Eindruck, daß du die Überlegungen, die dem Wohlfahrtsauschuß vorausgingen, unterschätzt und extrem vereinfachst. Man kritisierte die klassische Rolle des Intellektuellen, der einen Führungsanspruch behauptet oder für sogenannte Minderheiten zu sprechen glaubt.

R. Aber die Realität sah anders aus. Ich bin hier in Köln Leuten über den Weg gelaufen, die mir gesagt haben, ›Mensch, heute tagt der Wohlfahrtsausschuß, aber ich darf nicht mitmachen. Gemein!‹ So war das.

Politik heißt für mich: praktische Politik. Die ganze Bandbreite von: wie sich jemand körperlich gibt, weil das ist die Stelle, mit der das Ich das Soziale berührt; wie man in realen Arbeitszusammenhängen den anderen behandelt, mit wieviel Respekt für dessen Arbeitsbemühungen; wie stark man sich überhaupt interessiert für die Andershaftigkeit von anderen, für das Nicht-Verstehen, das Chaotische; und genauso natürlich auch alle traditionell utopischen, realpolitischen und ethisch-moralischen Aktivitäten, Positionen, Konflikte.

Bis hin zur Frage der Höflichkeit von Texten, die in der Bemühung liegt, sich möglichst gut verständlich zu machen; die Zutrittshürden für Diskursbeteiligung möglichst niedrig zu halten; daß sich tendenziell jeder berechtigterweise einbezogen fühlen kann, berechtigt mitzureden usw usw.

Schon zu Beginn der neuen Politisierung haben Albert

und ich diese eine Polit-Tüte gemacht, die hieß: ›DIE BÜRGERLICHE KLEINFAMILIE KRITISIEREN‹. Ich finde, daß dieser Hippie-Aspekt der Identität von Politik und Leben bei all den Dingen, die sich selbst als symbolische Politik verstehen, auf ganz falsche Art unterbelichtet ist. – Nochmal konkret: intellektuell wird gegen Führungsrollen plädiert, und realerweise zieht man so läppische Elitennummern durch.

TzK. Niemand tut so, als gäbe es diese Konflikte, Machtverhältnisse und Hierarchien nicht. Ich stimme dir auch zu, daß Texte sich um eine möglichst klare und zugängliche Sprache bemühen sollten. Je komplizierter die Sachverhalte, desto größer ist diese Herausforderung. Nur: Wo genau liegt die Grenze jener Verständlichkeit? Und welchen Leser stelle ich mir beim Schreiben vor? Ich denke, daß Texte auch das Risiko eingehen müssen, aufgrund ihres Themas (und daraus resultierend aus einer vielleicht komplizierteren Sprache) unter Umständen nicht sofort jeden anzusprechen, statt sich mit dem Hinweis auf Verständlichkeit selbst ein Denk- und Schreibverbot zu erteilen.

Mit deinem Artikel schaffst du neue Fronten und arbeitest als Einzelner und nicht in Zusammenarbeit mit anderen.

R. Ich bin einfach gegen Eliten, ganz einfach. Ich hasse das. Als Einzelner ist man doch keine Elite.

TzK. Deine Praxis, d.h. deine Texte, sind die eines Solitärs.

R. Das ist genau das Problem. Und der grundsätzliche Fehler. Isolationistische Lebensformen produzieren Ja-Fehler, Affirmationsfehler. Aber die Perspektive dieses

Techniker des Glücks im Zeitalter seiner akustischen Induzierbarkeit: Rainald Goetz (links) und DJ Westbam Foto:

# Geheimnisse des I Djing

## Der Discjockey als moderner Illuminat: Rainald Goetz und Westbam haben gemeinsam ein Buch gemacht ■ Von Thoma

In Ausgabe 9/94 des verblichenen Magazins *Tempo* ist ein Bild von Rainald Goetz zu sehen, wie er Sven Väths Plattenkiste trägt: der Autor im Dienste des Zeremonienmeisters, letzterer im zugehörigen Text beschrieben als „Glücksgenerator“, der den Leuten die Party bringt. In „Mix, Cuts & Scratches“ ist Goetz ein ähnlich dienendes Verhältnis zu einem DJ eingegangen. Nicht „von“, *mit* Rainald Goetz steht unter dem Titel des Merve-Bandes, darüber groß der Name des Gefeatureten: Westbam, früher Westfalia Bambaataa, noch früher Maximilian Lenz, 1965 in Münster geboren, seit Anfang der Achtziger in Berlin aktiv, Pionier der Plattenaufleg- und Mischkunst, Betreiber des Labels Low Spirit und Miterfinder der Love Parade.

Der Band ist das Ergebnis eines Arrangements, dem ein Gespräch vorausgegangen ist, eine Begegnung in einem Hotel namens „Phoenix“ in San Francisco, wo man sich in schattigen Korbsesseln gegenübersaß. Das Band, unverzichtbarer Bestandteil des Settings, läuft, „draußen brennt die Junisonne des Jahres 1995 auf den Swimmingpool im Innenhof, Windstille, Mittag, so eine pastellbunte Hockney-Szenerie, und der Geistesmensch Maximilian Westbam erzählt mit über dem Kopf verschränkten Armen gutgelaunt aus den Tagen der Frühe“. Das Abkommen, mit dem man auseinandergeht, lautet: Alles, was an der Situation „live“ ist, gesprochener fixierter Austausch, unterwirft sich der Compilation in der Schrift. Aus mehreren hundert Seiten Exzerpten stellt Rainald Goetz ein Geschichten- und Gedankenbuch zusammen, versieht es mit Zwischentiteln und (spärlichen) Kommentaren, „bis der Sound stimmt, das Erzählen und Argumentieren auch schriftlich richtig klingt“.

Westbam, wie er in diesem Edit erscheint, ist ein guter Erzähler. Als weitgereister Mann und organischer Intellektueller weiß er um die Unterschiede der Partyszenen in San Francisco und Saarbrücken (gar nicht so groß), die Lustigen, die Kaputten, die Bemühten; die „verrückten Holländer“, „ehrlichen Belgier“ und „allerwahnsinnigsten“ Spanier – die ganze Raving Society, die Westbam bei aller Sympathie überraschend nüchtern sieht. Als „Geistesmensch“ kennt er gute und schlechte Plattenhändler, „Ecstasy-Spießer“, Sinnsucher und Veranstalter, die dem DJ-Fürsten aus der Hauptstadt den roten Teppich ausrollen wollen, endlos ängstlich besorgt um die „richtigen Leute“ auf der Tanzfläche, die immer später kommen und dann doch nicht kommen, während die eigentliche Party längst wieder woanders spielt. Womöglich in Mannheim.

Sehr im Vorübergehen und eben *laid back* wird auch ein Bild jener Entwicklungen entworfen, die den Aufstieg der populären elektronischen Musik begleitet haben: den Abschied vom Song zugunsten des Tracks; die Ablösung des Live-Konzerts mit den daran klebenden Vorstellungen organischer, handgemachter Klänge („Ohne Filter“ – heute noch ein Sendetitel bei den Öffentlich-Rechtlichen) durch die Spontanmontage im Mix; das Ende des traditionellen Underground durch die massenhafte Folklorisierung des Modells Techno zu „elektronischer Volksmusik“.

Westbam redet über diese Umwälzungen anekdotisch, der unmittelbare Adressat ist eben das Ohr, weniger das lesende Auge. Selten einmal wird der Ton olympisch, erstarrt zur Sentenz im Sinne von, sagen wir, Goethe oder La Rochefoucauld („Es ist eine Dummheit, Dummheit zu thematisieren“), eher schon schlägt er sich ins Gebüsch und taucht an unvermuteter Stelle wieder auf. „Der DJ muß zum gewissen Punkt ein schwacher Mensch sein“, heißt es auf Seite 109. Unter dem Stichwort „Helmut Kohl“ dagegen steht geschrieben: „Laut Handleserin habe ich eine ganz ähnliche Handinnenfläche. Also meine Karriere wird genauso enden. Mit anderen Worten: Es sieht gut für mich aus.“ Mit respektabler Souveränität setzt der Erzähler sich über die mögliche Mißverständlichkeit solcher Statements hinweg. Weil es ja primär um die Verfertigung des Gedankens beim Sprechen geht, eine *oral history* der Berliner Techno-Internationale aus subjektiver, beteiligter Sicht.

Eine Umdrehung tiefer handelt „Mix, Cuts & Scratches“ aber auch vom Geheimwissen des DJs als einem modernen Illuminaten. Westbam benennt die verschiedenen Stufen des „Djing“, wie der Job des DJs in der Schreibweise ein wenig fernöstlich lautet. Sie führen vom simplen Plattenauflegen, in dem es noch um Geschmacksbeweise im Sinne der erstrebten Coolness kapitalisierbaren Wissens geht, über die schon fortgeschrittenere Fähigkeit, Körper im Beat zu synchronisieren, bis ans Ende der Leiter, wo aus dem Party-Diktator der Weise tritt. Die höchste, die Großmeisterstufe ist erreicht, „wenn dann tatsächlich der Widerspruch zwischen den Leuten fällt. Und wenn sich die Frage nicht mehr stellt, wer erfüllt jetzt wessen Willen, sondern wenn diese Frage aufgehört hat zu existieren. Und alles tatsächlich in einen neuen Fluß gerät, aus dem sich alles logisch ergibt, für die Leute und für den DJ.“

Das nun aber ist nicht nur die höchste Form des erleuchteten „Djing“, als ganz großes Bum Bum Bum ist es zugleich der innerste Ring der Kraft, aus dem heraus Rainald Goetz als Arrangeur und Kommentator Westbamschen Wissens Politik macht. Gegen „die Kulturreaktionäre in der sogenannten taz“, gegen studentoide Klangbastler, klassische Avantgardisten, Bloß-Musiker, nach innen abdriftende Goa-Mystiker, *FAZ*-Feuilletonisten und andere echte oder eingebildete Feinde der Party verficht er mit großer Dringlichkeit das Prinzip einer Abfahrt, die das Beste beider Welten für sich reklamiert: von der Avantgarde das Aufbrechen der Tonalität zugunsten des Geräuschs, vom Pop den Willen zum Hit, zur glücklichen Stumpfheit under a groove. Ohne Zweifel ein Stück Poptheologie: Goetz sieht in Techno als Sound und Bewegung eine exoterische Wendung ehemals esoterischer Körpererleuchtungserfahrungen, einen „umfassenden musikalischen Selbst- und Neuerfindungsfundamentalismus“. Das ist die Technik des Glücks im Zeitalter seiner akustischen Induzierbarkeit. Und der Garant dafür heißt Westbam.

**Drei Stufen bis ans Ende der Leiter, wo aus dem Party-Diktator der Weise tritt**

Dieses sozusagen Grundsätzliche wird im Intro des Bandes verhandelt, und es wundert kein Stück, daß Goetz dabei weit weniger gelassen wirkt als Westbam, verfügt dieser doch über etwas, das jener in seinem Medium nur simulieren kann. Nicht zu übersehen ist ja, daß „Mix, Cuts & Scratches“ selbst nach musikalischen Prinzipien, genauer: Techno-Techniken arrangiert ist. DJ Goetz (re)mixt Westbam, so wie dieser als DJ Samples benutzt. Das Diktat der auktorialen Erzählung ist gebrochen durch eine Mimetik des Sounds. Doch wo Westbam in der Party über echte Körper gebietet, bleibt der Text letztlich eben doch Text, etwas Unsinnliches und Abstraktes. Immer wieder neu muß er seinem mächtigen Gegenüber das Geheimnis ablauschen: „Ja, genau: die Heilsbotschaft“, zu deren Erhörung Intellektuelle wieder werden müssen wie die Kinder; und auch dann noch gehandicapt sind, denn „man kann das denkend nie so ganz verstehen, das Große dieses Glückseffekts des einfach nur geraden Beats“.

Deshalb zieht Goetz, der in einem anderen Leben einmal ein wüster Negator der verwalteten Welt war, seit er Techno kennengelernt hat mit dem DJ-Troß mit – Diener eben eher als Analytiker. Gleich geblieben ist das Verlangen nach einer Kunst, die messianisch und intermedial über sich selbst hinaus will. Die letzte Publikation hieß „Word“ und war eine Techno-CD, die kommende heißt „Rave“ und ist eine Erzählung. Es hat etwas von einem Wunsch-Selbstporträt, wenn er in *Tempo* 9/94 über Sven Väth schreibt: „Er sah sich auf Mission; von sehr weit
hergekommen, a
ner Märchen, M
schichten; im D
kommenden, neu
Auftrag hieß: Mu
stase, Abfahrt, R
Dämonen und
Handwerk ... U
Momenten wollte
liche Göttin der
seiner Seite steh
durch sich läche
ken.“

Ob das nun R
oder doch nur K
siv nicht lösbar, w
nem Innersten m
kursivem argu
Beat. Er stellt v
Fühl es oder füh
oder draußen, K
lade. Rainald G
einmal für diese
monische, von d
rierte Erzählung
schichte und ihre
entschieden. Ein
es gegeben.

**Westbam: „Mix**
**ches“. Mit Rain**
**Verlag. 159 Seite**

Be

Wer zu spät
bestraft das L
Anrufer unt
mit Nachdru
me, daß die
Ausstellung (
April) in Base
dortigen Kuns
findet, sonder
halle. Sorry,
Oehlen!

Fehlers ist im Diskurs eher unterrepräsentiert, weil relativ wenige Leute so leben.

TzK. Die Sehnsucht nach dem Erleben in der Masse wird sehr deutlich in deinem Text. Prolematisch erschien mir jedoch deine Abgrenzung zu bestimmten Formen der Masse im Dritten Reich. Dieser Versuch ist meiner Ansicht nach mißglückt. Du redest von Masse, gleichzeitig verherrlichst du diese Masse und überhöhst sie mythisch.

R. Die Masse, lächerlich. Was ist das überhaupt für ein Wort! Alles was im Zusammenhang damit dauernd gemeldet wird, ist Unsinn. Und die politische Fetischisierung des Begriffs ist immer reaktionär, hat Entschuldigungsfunktion für reale, ganz konkrete, einzelne Verbrechen, die von konkreten einzelnen Tätern begangen wurden, nicht von einem Kollektiv.

TzK. Mit diesem ›lächerlichen‹ Begriff arbeitest du selbst in deinem Artikel – unsere Kritik setzt ja gerade bei deiner Verwendung an. Natürlich ist nicht jede Masse faschistisch, der Begriff ist jedoch historisch zu Recht belastet. In deinem Artikel erscheint die Masse als ›Kirche der Ununterschiedlichkeit‹, als etwas Homogenes nun, und gerade nicht als eine Ansammlung von Individuen, die zusammenkommen und wieder auseinandergehen, die als einzelne für ihre Handlungen verantwortlich sind.

R. Meine Argumentation sagt ja: jeder ist eh schon so in sich ruhend Individuum, so sehr anders als alle anderen, daß er sich nicht primär danach sehnt, sich zu unterscheiden von allen, sondern umgekehrt: mit ihnen eins zu sein. Auch aus diesem Impuls heraus lebt dieses ganze Technoding, mit seinen Kollektivexzessen.

TzK. In all deinen Büchern taucht immer wieder das Nachtleben auf als eine Möglichkeit, aus sich selbst herauszugehen. Man hat den Eindruck, daß nur in dem Moment des nächtlichen Ausgehens so etwas wie Euphorie und sinnliche Wahrnehmung möglich wird. Nur läßt sich der Erzähler nicht wirklich darauf ein, sondern bleibt immer in der Rolle des Beobachters befangen. Werden Körper in früheren Texten erwähnt, dann immer nur von Ekel begleitet. Auch was deine Euphorie für Techno betrifft, interessiert mich, wie man sich diese Ekstase vorzustellen hat, die die eines Solitärs ist, ohne wirkliche Beziehungen einzugehen, und die Körper meidet.

R. Das ist mir jetzt zu intim, über den Körper so direkt zu reden, mit zwei Frauen. Den Status des Beobachters hat man unweigerlich, wenn man dann darüber Texte macht, ganz klar. Aber jeder andere ist ja auch ein Beobachter, und das wird vielleicht gerne bißchen unterschätzt.

Im Technobereich, wo ich jetzt neun Jahre dieses Leben gelebt habe, hat mich auch das immer besonders fasziniert, wie über das Erlebte von allen dauernd geredet wird. Das sind eben ganz andere Erzählformen. Deswegen schreibe ich auch eher so. Weil ich mein Redeleben zu 90 Prozent mit Leuten verbringe, die einen auferzählen. Die nicht in der Art sprechen, wie wir jetzt hier, beim Versuch, möglichst klar in Worte zu fassen, was wir denken. Sondern sie führen ihr Denken auf eine andere Art und Weise verbal vor, in der Art von Geschichten. Das ist viel indirekter und in mancher Hinsicht auch komplizierter. Die da wirkenden Diskursregeln beobachte ich dauernd und bin unendlich bezaubert von direkter mündlicher Sprache.

TzK. Dennoch hatte ich den Eindruck, daß deine Ekstase eher abstrakt bleibt.

R. Worte sind eben abstrakte Dinger.

TzK. Es gibt doch Möglichkeiten, Beziehungen und Körper und sexuelle Überschreitungen in Worte zu fassen. Statt dessen wird Intensität gepriesen, ohne daß diese Intensität bedeuten würde, daß der Solitär sie an sich heranläßt. Oder daß andere ins Spiel kommen, die das autonome Subjekt in Frage stellen.

R. Das stimmt auf eine Art. Das Bedürfnis nach Diskretion ist genauso stark wie die abstrakte Darstellungssehnsucht und die abstrakte Realsehnsucht, diese Grenzen zu überschreiten. Insofern spiegeln die Texte diese Sehnsuchtsbewegungen. Aber aus Gründen, die letztlich in der Sprache liegen, angesichts der dauernd anwesenden Vielheit von Sätzen über Körper und der extremen Penetranz der Anwesenheit dieser Sätze, kann ich sehr schwer konkret darüber sprechen.

TzK. Das Ungenügen an der sprachlichen Darstellung ist ein sehr altes Motiv. Die von dir gerade beschriebene Vorsicht gegenüber Vorstellungen von Körper und Sexualität habe ich in deinem Text allerdings vermißt.

R. Ich wollte das andeuten und ausklammern. Das Moment ›Sex‹ sollte nur als Wort einmal kurz vorkommen. Die eigentliche Darstellung dieses ganzen Bereichs, der in der Realität tausendmal komplizierter ist, als im Zusammenhang mit Techno immer so behauptet wird, ist einer der Gegenstände der Erzählung, die ich gerade geschrieben habe. Das war mir für diesen relativ kurzen Artikel zu kompliziert.

TzK. Aber schon mit diesem Hinweis auf die Diskrepanz zwischen dem Wirklichen, Erlebten, Authentischen und seiner Darstellung, die dem nie gerecht werden kann, arbeitest du an dem Mythos mit. Es ist eine ganz traditionelle Diskursstrategie, etwas als nicht erklärbar, nicht in Worte faßbar darzustellen.

R. Das mag uralt sein, es ist die Wahrheit. Es ist sehr schwierig, über Sex zu sprechen, ähnlich ist es mit Drogen. Wer etwas anderes behauptet, lügt. Der hat kein Gefühl für Sprache, oder die Wirklichkeit dieser Dinge nicht wahrnehmen können. Der Größe dieser Gegenstände gegenüber sind diskurstechnische Fragen, wie Mythos zementieren oder sowas, für mich total nachrangig.

TzK. Nur könnte ja in diesen Äußerungen weniger ein authentisch Erlebtes anklingen als ein Wissen um die mythische Dimension, die du mit erzeugst.

R. Im Gegenteil. Ich will doch keine Mythen enttarnen. Ich finde es schön, ein spirituelles Moment spüren zu lassen, wenn es um die Finsternis und Unerkennbarkeit der Gegenwart geht, durch ein Wort wie Halleluja. Meine Erfahrungen sind groß, und ich suche nach Entsprechungen, die das aufschwingen lassen. Die Brechung erfolgt ohnehin dadurch, daß das erzählt und geschrieben und also Wort wird.

TzK. Was die Bemerkungen über Frauen in deinen Büchern betrifft, so frage ich mich nach der Funktion von Sätzen wie dem in ›Krieg‹, wo behauptet wird, daß die Frau in den letzten tausend Jahren nur Genieverletzungen geleistet habe. In ›Hirn‹ heißt es dann, sie sei das Geschmier, der Ruin der Schrift; und in ›Irre‹ liest man von Frauen, die begannen mich einzuspeicheln mit freundlichen Reden, die aus unverhohlen lauernden Mienen kamen. Das hat zwar alles den Status von Literatur, ist also nicht wörtlich zu nehmen, spiegelt aber doch eine Einstellung zu Frauen wider. Seither hat sich deine Wahrnehmung anscheinend geändert: In unverhohlener Begeisterung sprichst du von Frauen als süßen Mäusen.

R. Das ist unser Ehrentitel für alle tollen Frauen. Ja, die Stellen! Ich kann mich nicht erinnern, und zwar überhaupt nicht, wie ich damals gedacht habe. Immer wenn ich das heute lese, muß ich irre lachen und freue mich, daß ich das geschrieben habe. Weil ich es heute nicht mehr schreiben könnte und doch spüre und weiß, daß ich es richtig gemeint habe. Daß das im Textganzen aufgehobene Wahrheiten sind.

TzK. Man könnte diese ›Wahrheiten‹ auch als sexistisch bezeichnen, wie du weißt und womit du wahrscheinlich rechnest.

R. Kann man gerne machen. Würde ich auch eher als Auszeichnung empfinden, nach wie vor. Auf eine Art hatte ich immer das Gefühl, ich spreche aus einer lesbischen Position. Was soll man dazu sagen? Lustig ist natürlich auch, daß sich besonders Frauen, die ein Ohr für Sprache haben, von meinen Sachen angesprochen fühlen, viel stärker als Männer.

Ich kann das alles nur ganz gegenwärtig analysieren. Unter den Bedingungen heutiger Diskursvorschriften, Aufmerksamkeiten und Hysterien. Und meine Allergie gegen jede Art von symbolischer Politik und Korrektheit, die ich mit jedem hohlen Rechten teile, beruht genau auf meiner Praxis in der Sprache, die mir dauernd vorführt, wie Sprache sich selbst für alle ihre Regeln Latenzpflicht gebietet. Wenn eine Diskursregel aus der Deckung der Latenz gezerrt wird, ist das das Ende ihrer Verbindlichkeit, die sprachinterne Konstituierung der Möglichkeit

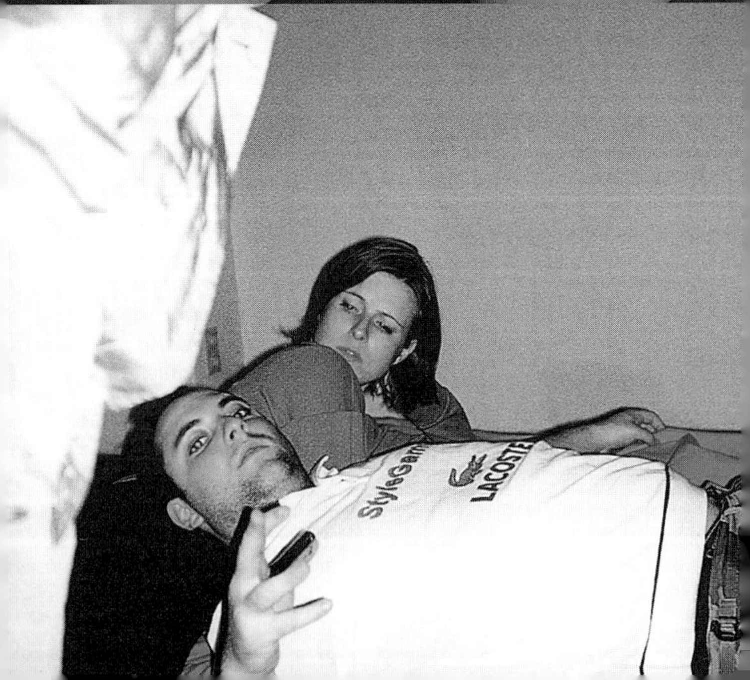
LACOSTE

ihrer Übertretung, die Aufforderung der Sprache geradezu dazu. Diesem Paradox müßte sich die politische Analyse der Sprache mal stellen. Sonst wird das nämlich nichts.

TzK. Es scheint dir demnach weniger um Inhalte als um sprachliche Formen der Überschreitung zu gehen?

R. Nicht mir geht es darum, sondern der Sprache selbst. Ich selber bemühe mich eigentlich immer darum, das momentan von der Sprache gerade Vorgegebene möglichst genau zu erspüren, sie auszuschöpfen, ohne ihr Gewalt anzutun, durch Überschreitung oder Tabuverletzung. Aber das Niveauchen, auf dem zum Beispiel von feministischer Seite die geschlechtlichen Fragen der Sprache behandelt werden, da muß ich leider sagen, das ist mir echt zu stumpf und deprimierend. Da fehlt es wirklich hinten und vorne.

TzK. Damit scheinst du dich ja gut auszukennen. Du vergißt offenbar, daß Sprache symbolische und reale Effekte hat und tust so, als ob bestimmte Sprachregelungen einen Imperativ beinhalten würden, daß alle so zu reden hätten. Wenn sich beispielsweise bei Texte zur Kunst bestimmte Sprachkonventionen durchgesetzt haben, bedeutet das doch keinesfalls, daß alle sich danach richten sollten.

R. Ich greife ja gerade das intern Appellative an, was sich genau an alle die richtet, die eh am Diskurs teilnehmen. Das wirkt so inzesthaft, für immer kleinere Kreise gedacht. Da stellt man sich dann gegenseitig unter Kuratel und kuckt, ob der andere es auch richtig macht. Horror.

TzK. Daß immer kleinere Fronten aufgebaut und neue Grenzen gezogen werden, ist in der Tat ein Problem, das wir schon länger diskutieren. Sich hingegen gegenseitig kritisch im Auge zu behalten und gemeinsam einmal aufgeworfene Themen und Fragen, z.B. Identitätspolitik, weiter zu verfolgen, ist produktiv.

Du stellst die Zeitschrift und ihre Antworten als eine homogene Einheit dar. Sämtliche Autoren wurden von dir in der ursprünglichen Version dieses Gesprächs mehr oder weniger unter dem Stichwort ›Diedrich‹ subsumiert, als gäbe es nicht auch andere Textformen und Ansätze.

R. Stichwort Diedrich. Er stellt für mich eben die prägnanteste, elaborierteste und interessanteste Bearbeitung dieser ganzen Position dar. Ich kann mich nicht ernsthaft auseinandersetzen mit Leuten wie Tobias Thomas, Martin Pesch, Jörg Heiser, Sascha Kösch – um nur mal paar zu nennen, die in dem Bereich, der mich thematisch interessiert, alle Blätter so vollschreiben.

Diedrich ist eben, auch aufgrund seiner autoritären Struktur, die seinem ganzen Projekt immer einen gewissen, mir natürlich sympathischen Hau von Madness gibt, der widerspruchsreichste Denker. Außerdem habe ich über viele Jahre hinweg mit ihm am meisten auch direkt mündlich über all diese Sachen geredet und gestritten. Ohne direkten Effekt aufeinander natürlich. Aber für mich wenigstens mit der Folge, daß ich diese Fragen überhaupt noch als auch an mich adressiert empfinde. Daß ich mich auf meine Art damit auseinandersetze.

TzK. Bisher wirkt unser Gespräch fast so, als sei es ein Konflikt der Formen und Schreibweisen. Nur: wir haben auch einen politischen Dissens. Dein Artikel legt nahe, daß die Formierung der neuen Rechten nach 1989 eine Erfindung der Linken sei. In den letzten Jahren wurde diese Gesellschaft jedoch einschneidend umstrukturiert, und zwar auf einer ganz realen, konkreten und materiellen Ebene. Zu suggerieren, daß die neue Rechte ein Hirngespinst der Linken sei, verkennt die tatsächlichen Verschiebungen der (kultur-) politischen Machtverhältnisse.

R. Hirngespinst: nein. Aber wie war das denn damals? Wer hat gegen den rechten Terror Anfang der 90er Jahre wirklich was bewirkt? Nicht die Wohfahrtsausschüßler, die ihre Welle durchs Feuilleton gemacht haben und im lustigeren Fall mal einen rechten Funktionär nachts am Hafen in Hamburg haben zusammenfallen lassen. Nein, die Lichterketten haben die Republik verändert, so Leute wie Thomas Gottschalk, Giovanni di Lorenzo und irgendein anderer Hippie mit Schal.

Und von da aus ausgehend hätte die neue Diskurs-Linke viel realistischere Befunderhebungen in der Wirklichkeit versuchen müssen. Da hätte Techno in den politischen Blick kommen müssen. Aber dazu war man dann plötzlich schon viel zu sehr mit sich selber, mit internem Streit, mit der sogenannten Akademie und dem Zusammenzimmern von realen Lebensläufen aus politischen Positionen befaßt. Und dann gibt es so Leute wie Mark Terkessides, der in diese ganze rechte Scheiße so weit reingeht, bis er automatisch selber so ein Rechter ist.

TzK. Du nennst Mark Terkessides, der sich mit der neuen Rechten befaßt hat, mit ihren Publikationen, mit ihrem Begriff von Kultur, oder auch Diedrich, der sich mit der Genese der Abwehr des politisch Korrekten in Deutschland beschäftigte. Das sind Versuche, ein Phänomen zu analysieren, um zugleich politische Handlungsweisen aufzuzeigen. Du scheinst zu glauben, daß sich der Analysierende automatisch seinem Gegenstand angleicht.

Denim
carhartt and carhartt logo are registered trademarks of carhartt inc. Dearborn, MI 48121 U.S.A.
carha

R. Klar, das ist der Erkenntnisvorgang. Identisch zu werden mit dem Objekt der Erkenntnis, um sich dann davon abstoßen zu können.

TzK. Jetzt stellst du wieder ein Gesetz auf: sobald man sich zu sehr mit etwas beschäftigt, wird man ihm gleich. Die Identifikation, von der du sprichst, ist eine zeitlich begrenzte. Sonst wäre jegliche Möglichkeit einer kritischen Auseinandersetzung unmöglich. Als müsse ein Rassismusforscher wie Etienne Balibar automatisch zum Rassisten werden. Das ist doch Unsinn.

R. Für mich nicht. Ich kann nicht nachvollziehen, mit welcher Faszination, oft geradezu eifernder Begeisterung sich Linke mit rechtem Theoriedreck wie Carl Schmitt beschäftigen. Auch wenn man zu viel über Korrektheit und die Verfehlungen dagegen nachdenkt, wird man natürlich plötzlich selber geistig so eine politische Korrekturenbehörde.

TzK. Durch deine Identifikation mit der RAF in ›Kontrolliert‹ bist du doch nicht zu einem Terroristen mutiert.

R. Doch, ganz genau. Aber in dieses Denken wollte ich so extrem hineingehen, weil es ein für mich tolles revolutionäres Projekt fundiert hat. Und die Frage war, woran das gescheitert ist. Heute ist übrigens der Tag der Nacht von Stammheim. Freiheit für alle Gefangenen aus der raf.

GEMÜTL
MADE FO

ICHKEIT
RMANY
Auf gut deutsch: Neue Shows, neue VJs, neue Musik. Täglich von 14 - 20
hlüsselt über Kabelanschluß
chen Telekom. Gratisinformation unter 0130-0555

KARSTADT

RINA

# DIE BANALITÄT DES PROLLIGEN

Prolegomena
zu einer Theorie des
real existierenden Prollismus

Sonnabend, 12. Juli 1997

Mit Westbam im Büro der Spirits. Die Faxfragen vom Tagesspiegel sind da. Der Mensch mit diesen Fragen nennt sich Christian Schröder. Und warum auch nicht. Hier der kleine Dialog.

CS. Die Techno-Postille ›Frontpage‹ hat vor einem viertel Jahr aufgegeben, das Berliner ›E-Werk‹ macht demnächst dicht. Ist Techno am Ende?

Keineswegs.

CS. In den meisten Clubs läuft inzwischen nicht mehr Techno, sondern House oder Drum & Bass. Könnte es sein, daß Techno doch nur einer dieser Musiktrends war oder ist, die kommen und dann irgendwann wieder verschwinden?

Nein.

CS. Wird es im nächsten Jahrtausend noch Techno geben, und wenn ja, wie wird er sich anhören?

Ja. Interessanter als Dixieland, den es dann auch noch geben wird.

CS. Techno ist Musik ohne Text, purer Rhythmus zum hedonistischen Abfeiern. Flieht man damit aus der Realität? Und wohin?

Das ist alles Unsinn.

CS. Was ist für Sie persönlich das Faszinierende am Techno?

Man hört jede Nummer immer wieder anders.

CS. In Ihrem Buch ›Mix, Cuts & Scratches‹ sprechen Sie von einer ›Heilsbotschaft‹ des Techno, die ›über dieses ›bumm bumm bumm‹-Ding‹ laufe. Das klingt, als ob Techno für Sie eine quasi religiöse Bedeutung hätte!?

Wo bleibt die vom Fragezeichen angekündigte Frage?

CS. An anderer Stelle schwärmen Sie vom ›geilen Banalen‹ und vom ›prolligen Abfahren‹ beim Techno. Was daran ist so toll?

Die Banalität des Prolligen.

CS. Über Techno-Tanz schreiben Sie: ›Das ist nicht mehr das Individuum, was da vor sich hinwogt, sondern das ist die große pumpende Menge.‹ Das Aufgehen des Einzelnen in einer Masse – für andere wirkt das eher bedrohlich.

Für uns nicht.

CS. Was sind momentan Ihre drei Lieblingstracks?

Hard Times. – It's like that. – Go Insane.

CS. Wo werden Sie bei der Loveparade sein?

Hoch auf dem gelben Love-Nation-Wagen.

CS. Warum wollen Sie kein Interview geben und beantworten stattdessen Fragen nur schriftlich?

Zur Abwechslung. Da werden die Antworten so schön kurz. Dadurch entsteht gute Laune.

UNION PACIFIC
UNION PACIFIC
UP 904293 MW
POLO
FL 90
ATHL. DEPT

# Dank

Sven Väth, Tempo, September 1994
Words don't come easy, Frontpage, Januar 1995
Westbam, Merve 204, Mittwoch, 26. Februar 1997
Albert Oehlen, Fama und Fortune, Herbst 1998
Loveparade, Zeit-Magazin, 11. Juli 1997
Praktische Politik, Texte zur Kunst, November 1997
Die Banalität des Prolligen, Tagesspiegel, 12. 7. 1997

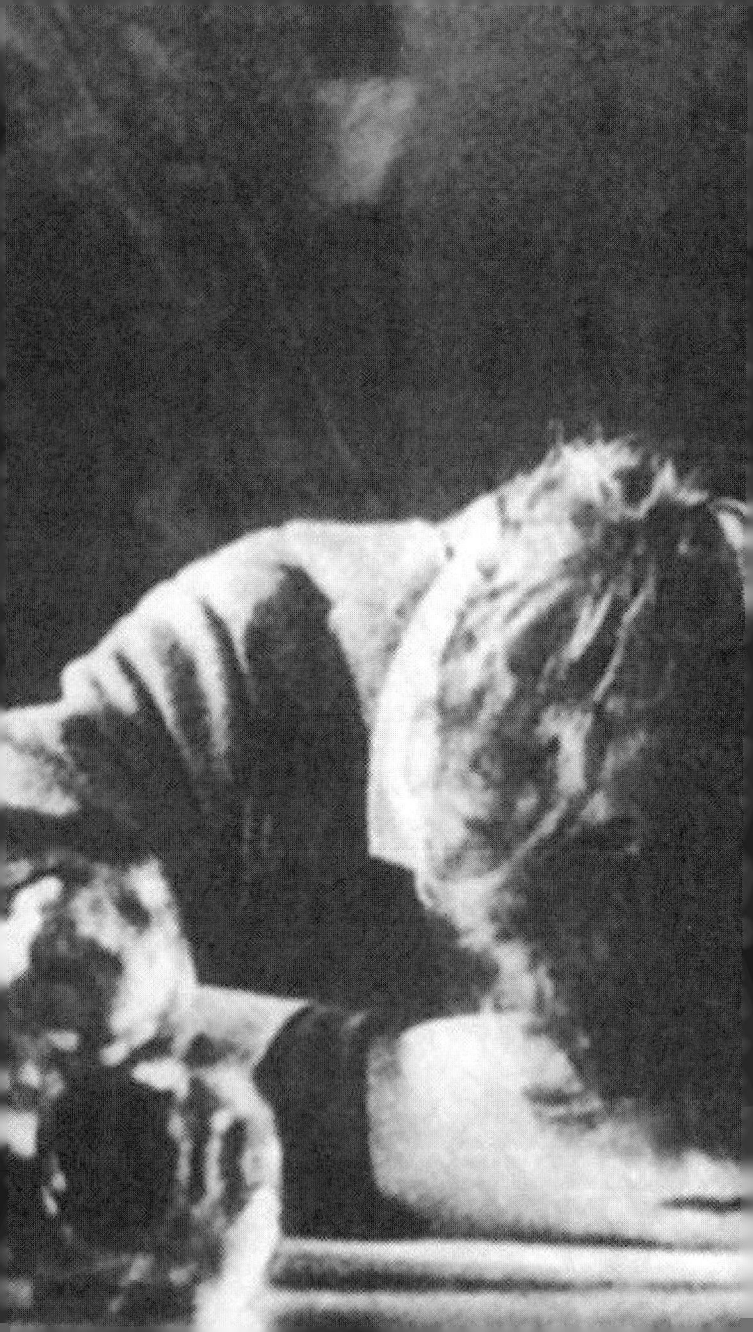